U0106130

時空調查科 ③

逃離鬥獸場

關景峰 著

新雅文化事業有限公司
www.sunya.com.hk

時空調查科

阿爾法小組

—— 人物介紹 ——

凱文

特工代號：051

年　　齡：13歲

組內擔當：分析大師

特　　長：IQ極高，分析力超強，
多謀善斷

最強裝備：萬能手錶

萬能手錶

具備通訊、翻譯、搜尋、地圖等
等功能，還能按需要升級更新其
他功能。

張琳

特工代號：059

年　　齡：13歲

組內擔當：攻擊大師

特　　長：擁有驚人的戰鬥力，對各種
　　　　　武器都運用自如

最強武器：先鋒寶盒

先鋒寶盒

可變化成霹靂劍、迴旋鏢和流星錘三種武器的神奇寶盒。

西恩

特工代號：056

年　　齡：12歲

組內擔當：防衛大師

特　　長：能針對不同攻擊使出各種防禦
　　　　　力強大的招式

最強招式：防禦盾、防禦弧

防禦盾

原為硬幣般大小的鐵片，使用時會變大成圓形盾牌。

目 錄

CHAPTER 1

角鬥士學校

　　「新聞上說，在德國的一個古建築羣下，出土了一部手機，一同出土的都是九世紀的東西。」西恩對我說，他顯得很認真，「考古學家們對此百思不解……」

　　「不會是哪個小組穿越過去後不小心遺留下的吧。」我有些吃驚，判斷道，「手機體積不大，可以跟隨一起穿越。」

　　「是呀，超能力者穿越這件事，在世界範圍內還是保密的，很少有人能知道這種事情的。」西恩感歎起來，「這下可是難為那些考古學家了。」

　　我和西恩在辦公室裏，本來我們是在寫一個案子的工作小結，但是很快就熱烈地討論着穿越時遺留物的問題。這其實不僅僅是困擾考古學家的問題，更加關乎於紀律，因為我們特種警察穿越後，是不能把現代的東西遺留下的，不過因為執行任務

時會遇到危險，有些東西是緊急撤離時留下的，所以這種事情並不能完全避免。

「西恩，你好像留在古代的東西也不少。」我想了想說。

「我留下的都是吃的，我還想吃呢，不小心留下的。」西恩連忙說，「不會給考古學家們帶來困擾的，那些東西一定都被當時的人吃了。」

「但願吧。」我聳聳肩，「要是哪天從古羅馬遺跡中出土了幾塊巧克力，還是『滑翔機』牌的，那就是你留下的。」

「噢，要是巧克力，考古學家當時一定會想是不是自己剛才不小心掉的，哈哈……」西恩笑了起來。

「噹、噹、噹——」辦公室的門口，傳來聲響，我轉頭一看，原來是張琳在敲着門，她一臉嚴肅地在提醒我們注意，她總是這樣一本正經的。

「工作時間，你們聊得倒是很開心呀。」張琳略帶諷刺，又有些嚴厲地說，她居然還瞪着我。

西恩有些尷尬地笑了笑，不過我才不吃張琳這套呢。

「你也可以過來參與討論，這樣氣氛會更加熱烈。」我針鋒相對地説道。

「我工作的時候從來就不聊天。」張琳依舊一本正經的，「你們別寫了，也別聊了，現在諾曼先生找我們三個去，有緊要事。」

「噢，張琳。」西恩頓時興奮起來，「是不是有什麼新的案件呀？最近我在辦公室裏，可是悶死了，要是有什麼案子，哪怕是穿越到昨天，我也高興。」

「穿越到半小時前……」張琳説着把一部手機扔給派恩，「看看你當時是怎麼把手機丟在休息區的飲料機旁的。」

西恩接過手機，原來他剛才把手機遺失在飲料機旁了，自己都不知道。西恩連連對張琳致謝。

「走吧，諾曼先生在等着我們。」張琳説着轉身，「沒有穿越到昨天那麼簡單，應該是有個大案

子了。」

我們連忙跟了出去，穿過走廊，我們的辦公室距離諾曼先生辦公室不算遠。在諾曼先生的辦公室門前，我們停下，張琳敲敲門，裏面傳來「請進」的聲音。

我們走進諾曼先生的辦公室，諾曼先生看起來比較嚴肅，甚至有一種比較憂心的感覺，這應該是和我們要處理的案子有關。

「阿姆斯特丹警方，在調查一宗案件的時候，有兩名警員遇襲殉職，另外三人受傷。」諾曼先生看到我們坐下，嚴肅地說，「這個案件，又和毒狼集團有關！」

我們三個都吃了一驚。這個毒狼集團，看起來能量極大，剿滅不淨。這次都有警方人員遇襲殉難了。

「兇手是誰？毒狼集團的吧？兇手一定在逃。」西恩連忙問道，他應該是從諾曼先生的憂心表情中判斷兇手在逃的。

我也能感到諾曼先生的壓力。

「兇手被抓住了。」諾曼先生平靜地説，「他叫寇里。」

「啊？」西恩一愣，「很好，抓到就好……」

「事情沒那麼簡單。」諾曼先生擺擺手，「警方是在遭到了意想不到的瘋狂抵抗後，開槍才把寇里擊倒，抓住了他。關鍵是，經過調查，寇里對突然出現的警方人員使用的是古羅馬角鬥士才會使用的近身搏擊術，五秒鐘內就造成了警方的人員傷亡，而這種搏擊術，是送他穿越到古代羅馬的角鬥士學校才學會的。送他去古羅馬的，正是重組毒狼集團的一個成員，而被送去的，有兩個人，另外一個比寇里還早去些日子，現在還在古羅馬學習角鬥術。」

「這事……很複雜呀，關鍵是他還有個同夥在古羅馬學習。」我想了想説。

「沒錯，五秒鐘內就造成警方如此損失，警方擔憂的是，如果寇里的這個同夥回來，在抓捕他

時仍可能造成損失，甚至是更大的損失，因為他的同夥在古羅馬學習的時間更長。」諾曼先生很是憂心地說，「警方是在人羣密集處抓住寇里的，在這種地方警方一直是盡量避免使用槍枝的。但是萬一寇里的同夥回來後身處鬧市而又必須抓捕，警方將處於兩難境地。特種警察倒是可以對付武力強大的人，但是特種警察可不是遍布全世界的。警方在近身抓捕時一定會遭到損失，古代沒有槍械，近戰完全靠冷兵器或徒手，所以博擊術異常厲害，尤其是古羅馬的角鬥士。另外，具有如此強大角鬥術的人，就是被抓到也難以管束，要時刻提防他暴力脫逃。」

「諾曼先生，你說的那個被抓的人，武力值到底有多高呀？」張琳問道。

「警方測試過，他一拳能打斷一根公園圍欄的鐵欄杆。」諾曼看看張琳。

「啊？」張琳驚叫起來，「比超能力者還強大一些，我一拳都打不斷的，難怪五秒鐘警方人員就

遭到這樣大的傷亡。」

「所以不能等着寇里的同夥從古羅馬回來，寇里交代說，他的同夥會在那邊多學習一段時間，目的是獲得更強大的武力值。警方也不知道他什麼時候回來，更不知道他回到哪裏。」諾曼說，「寇里也只是知道有這個人比自己早去晚回，而且兩個人根本不在同一個學校，我們的任務……」

諾曼說着環視着我們，我們知道他要下達命令了，都很認真地望着諾曼先生。

「你們要穿越到古羅馬去，找到那個人，中斷他的學習，把他帶回來！」諾曼先生看着我們，一字一句地說。

「一定能完成任務。」西恩連忙說，「諾曼先生，我們穿越到古羅馬去，但是這個人叫什麼名字？在哪裏學習角鬥術？這些都知道嗎？」

「只知道角鬥士學校和那人的名字，相貌等不知道，不過到了那邊，他很有可能已換了一個名字，毒狼集團的人也會防備我們找到他們穿越過去

的人，寇里在那邊也是換了名字的。」諾曼先生説，「所以你們過去後，需要把這人先識別出來。記住，他是從現代過去的，行為舉止會有破綻，你們可以從這方面入手，先把人找到，再想辦法抓住他，把他帶回來。」

「非常感謝這個建議。」我想了想説，諾曼先生這個建議簡單明確，確實是一個好辦法。

「這裏有一份資料，你們看看，相關資訊不是很多，你們這次的任務是比較艱巨的。」諾曼先生説着，把桌子上的一份資料拿起來，我連忙走上前，接過資料。

「看看資料，準備一下，就穿越吧，你們這次的目的地——安東尼時期的古羅馬城。」諾曼先生嚴肅而認真地説，「時間緊迫，你們快點看完資料就穿越過去，要搶在他被毒狼集團人員帶回前找到他，這個人自己不會穿越。」

「能不能找到他後等着毒狼集團的人前來，一起抓回來？」張琳問。

「這個我考慮過，實施起來難度很大，抓到這人後不馬上帶回來，你們把他藏在哪裏？」諾曼先生顯然進行過深思熟慮，「另外，即便你們抓到這人又抓到了毒狼集團的人，帶着他們兩個回來也很困難，其中的變數太大，所以這次任務你們只要把寇里的這個同夥找到並抓回來。」

　　「是——」我們三個一起回答。

CHAPTER 2

羅馬古城

　　我們回到了辦公室，開始看資料。我們了解到，兩個被毒狼集團派去古代羅馬學習角鬥術的人分別叫寇里和布德，被抓獲的是寇里，而仍在古羅馬學習角鬥術的布德在那邊應該不會用本名。寇里學成角鬥術，穿越回來後，出現在阿姆斯特丹了，他喝醉酒在酒吧打傷人，警方前來抓捕時他激烈反抗，造成警方人員死傷。寇里被抓住後交代了一切，阿姆斯特丹警方立即通知了我們全球特種警察總部。不過這個寇里對布德的了解確實很少，因為他們是不同時間被送到古羅馬的，而且以前也不認識，有關布德的隻言片語也是他從帶他穿越到古羅馬的毒狼集團成員口中聽說的。寇里和布德並不是超能力者，兩人都是拳擊手，被送到古羅馬學習角鬥術後，單是從搏擊角度看，寇里的攻擊能力已經超過超能力者不少了。

「伊西多角鬥士學校。」張琳看着資料，「這點倒是明確，否則羅馬城那麼多角鬥士學校，誰知道布德在哪個學校呀？」

「有具體地方就好説。」我點點頭，看看西恩，「技術科剛才送來了古代羅馬人的衣服？」

「對，還有當時的錢幣，有五枚枚金幣呢。」西恩説着舔舔嘴，「不知道能買多少好吃的？」

「那是你和凱文去角鬥士學校的學費，你們是以羅馬公民的身分報名學習的，是自由人，不是被抓到的戰俘或奴隸，你們進去學習的目的就是想成為天下無敵的大英雄。」張琳説出了我們邊看資料邊設想的那些進入角鬥士學校學習的理由，「羅馬城沒有女孩子學習角鬥術的，所以我不能進去。」

「你要是進去，都能當教官了。」西恩很是敬佩地説。

「不一定，剛才諾曼先生説的那個寇里的攻擊力，我和他過招不保證贏的。」張琳的語氣有些沉重。

「我看沒什麼了，先穿越過去再說。」我想了想說，「一切都要到了那邊，根據情況展開……」

　　「老地方──」張琳指了指辦公室門口的空地，「我們要去古羅馬了。」

　　我們都換上了古代羅馬人穿的衣服，互相好奇地打量着，看看西恩的樣子，感覺確實有點像古羅馬武士呢。我和西恩的衣服都是絲綢的，很漂亮，反倒是張琳的衣服是布的，從遠處看，我和西恩都亮閃閃的。

　　我們來到辦公室門口的空地，三個人背靠背，手臂挽了起來。我的左手抬高，嘴對着我的萬能手錶。

　　「總部時空隧道管理員，我是阿爾法小組051號特工，我和另外兩個同事申請開啟穿越通道，請輔助我們實施穿越。」

　　「我是075號時空隧道管理員，請問穿越方式？」手錶裏一個聲音問道。

　　「無限穿越。」

「穿越的時間和地點？」

「公元151年古羅馬安東尼王朝，在古羅馬城區域落地。」

「同意穿越，你們落地時間預計為當地時間下午，你們需要特別留意以下事項：一，不許從穿越地帶回除任務要求外任何人和物品。二，不許改變歷史。三，不許利用已經獲得的歷史知識進行任何非幫助完成任務的行為。違反上述規定會當即承擔非常大的危險！」

「記住了。」

「五秒鐘後穿越通道開啟，請站穩！五、四、三、二、一！」管理員說道，隨即，一個若隱若現的巨大管道出現了，這就是穿越通道。

穿越通道大概四、五米長，我們邁步進入管道，隨後站定，剛剛站穩，「轟——」的一聲，一道橘紅色的閃光從我們三個人身上滑過，霎時間，我們就消失在穿越通道中。

我們一下就被拋進了一個橫向的時空隧道之

中，前進的速度非常快，我們三個仍然手挽着手，身體已經橫向懸浮於隧道之中前進，忍受着巨大的壓力。

「唰——」的一聲，我突然感到一切都停止了，一切也不再旋轉，腳有踩在地上的感覺，穿越結束了。此時我發現我們站在一個空地上，周圍有幾座小房子，一座房子前，有一個靜止的男子，他的衣着無疑是古羅馬時期的。

我們這次採用的是無限穿越方式，是因為我們只知道那個伊西多角鬥士學校在羅馬城，根本無法準確定位，只能先在羅馬城區域落地，我們要自己找過去。

落地後，管理中心通知我們穿越成功，幾秒後，「唰」的一下，一切不再靜止，那個男子懶洋洋地走進門，隨後提着一個木桶出來。這裏似乎是一個小村落，遠處有山，看不到羅馬城的城際線，似乎我們落地區域距離羅馬城還比較遠。

「你好。」西恩迎着那個男子走上去，「我

們從⋯⋯龐貝來，想去羅馬，請問這裏怎麼去羅馬？」

「龐貝？」那人一愣，吃驚地看着我們，「龐貝幾十年前不是被火山給掩蓋了嗎？你們確定從龐貝來的？」

「啊，啊，是龐貝旁邊的拿坡里，說拿坡里沒人知道，說龐貝才有人知道。」我連忙上前說，同時瞪了西恩一眼，本來這都是該我問的，剛才我在看四周的情況，西恩有些着急，就上前去問了。

「噢，拿坡里⋯⋯」那人不再疑惑了，轉而很是可憐地看着我們，「你們三個孩子從拿坡里來，很遠啊。」

「我們就喜歡走走路，反正也沒什麼事。」我有些尷尬地說，「請問羅馬城⋯⋯」

「四千步。」那人指着北面，「越過前面的山丘，就能看見羅馬城了。」

我飛速計算了一下，他說的「步」應該是「羅步」，古羅馬的長度計量單位，一步大概等於現在

的1.48米，也就是説我們距離羅馬城還有將近六公里的距離。看來這次我們落地和目的地距離稍微遠了一些，不過也不算很遠，走一會就能到。

「啊，謝謝你。」我連忙點着頭，「我們這就去……」

我們三個向那人指的方向走去，前面確實越走越高，我們走在一個上坡路上，不過走了一公里多，就走到了高坡的最高處，隨後一座龐大的城市出現在我們眼前了，那就是古代的羅馬城。

「我能看見鬥獸場。」西恩指着坡下，高聲喊道。

羅馬城的地勢明顯比我們這裏低很多，所以整個城市的景貌被盡收眼底。圓形的鬥獸場就在羅馬城的中心位置，旁邊的會堂和神廟也都宏偉地矗立着，眾多的民房錯落有序。根據資料顯示，此時的羅馬城有居民近百萬，正處於羅馬帝國的鼎盛時期。

我們沿着下坡的坡道快速前進，目的地就要到

了，我們都很激動，雖然要走上幾公里，但是我們一點都不感到累。

「轟隆隆——」就在我們距離羅馬城不到一公里的時候，身後傳來巨大的響聲，我們連忙躲在路邊，只見一個身穿紅袍，帶着閃亮頭盔的武士駕駛着一輛馬車疾駛而來，那個武士看都不看我們，駕着車從我們身邊經過，駛入羅馬城。

西恩捂着嘴，這是我們第一次看到古羅馬的武士，吃驚也很難免。

「走吧，穩重些，今後我們要一直處在這個環境中了。」張琳很快恢復了平靜，她拉了拉西恩，「要是讓你看一場角鬥士表演，你還不暈過去呀。」

西恩立即努力讓自己平靜下來，張琳説得沒錯，我們要表現得就像這個城市裏的居民一樣。此時，我們的身邊早就熱鬧起來，很多人和我們一樣進城，還有一些人出城，沒人在意我們，我們已經身處在古代羅馬城的居民之中了。

我們終於來到了熱鬧非凡的羅馬城，這座城市深深地吸引着我們，置身於此，我們甚至都忘了來到這裏的任務，張琳忽然推了推我，我才想到要去問路，現在不能讓西恩這個冒失鬼去問路了。

　　「請問，伊西多角鬥士學校在哪裏？」我攔住了一個年紀較大的男子，我感覺他是羅馬城的老居民，對城市很熟悉。

　　「哦，好像聽説過，但是具體位置不知道，你去維米納萊大街看看，那條街上都是角鬥士學校。」那人很熱心地説。

CHAPTER 3

三個奧雷

　　維米納萊大街，我們記下了這條街的名字，一路問着，我們來到了這條大街。維米納萊大街在羅馬城北部，是一條寬闊的大街。我們發現，這裏簡直就是角鬥士學校的集中地，街道兩側有很多家角鬥士學校，都掛着招收角鬥士學員的廣告。

　　「這麼多家角鬥士學校。」西恩興奮地向前走着，「一定能找到那個伊西多⋯⋯」

　　「不用找了，這就是。」張琳走到一塊看板下，説道。

　　「啊？」西恩連忙回身，隨後愣住了。

　　張琳站着的地方，有一個高大的門洞，門洞上方寫着「伊西多角鬥士學校」幾個字，而看板上則寫着「伊西多角鬥士──從不知道什麼是失敗」。

　　「原來就在這裏呀。」西恩很高興，他看看張琳，「真好找，那我和凱文進去，找到布德出來告

訴你，我們一起把他抓回去……」

「哪有那麼容易？」我把西恩拉到一邊，「布德會隱藏自己的身分混在學員裏，就算是找出來，怎麼抓捕也是個難題，這可是角鬥士學校，他的武力值不會比被抓住的寇里差。」

「噢，我想簡單了。」西恩有些不在乎地聳聳肩，「還是你來安排。」

「先讓張琳在這附近住下，然後我們再報名進去……」

我們在這條街上，找到了一家旅館，張琳住了進去，她的房間每天需要兩個塞斯泰爾斯，可真夠貴的。塞斯泰爾斯是古羅馬貨幣，是當時最常用的貨幣。我們給了張琳一枚金幣，作為她這些天的開支。

安頓好張琳，我們前去報名，我們和張琳可以用手錶聯繫。我和西恩有些忐忑地走進了伊西多角鬥士學校，穿過門廊，裏面很寬大，中庭是一片空地，空地上有幾個人走動着。

「嗨，你們找誰？」一個高大的年輕人從旁邊的門廊閃出，他看着我和西恩。

「啊，我們是從拿坡里來的，我們想學習角鬥術……」我連忙説。

「龐貝旁邊的拿坡里。」西恩補充道。

「啊，歡迎，我是學校的教官阿瓦爾，你們跟我來吧，報名處在老闆這裏。」叫阿瓦爾的人很是熱情地説。

我們跟着他，來到了一個房間裏，房間裏坐着一個胖胖的人，正用一個大杯子喝着飲料。

「老闆，這兩個孩子來報名……」阿瓦爾對那個胖胖的人説，我們來之前就知道，這種角鬥士學校的校長不叫校長，而是被稱作「老闆」。

「啊，歡迎你們，兩個有眼光的孩子。」老闆興奮地站了起來，「你們可來對地方了，我們是羅馬城裏最優秀的角鬥士學校，我們培訓出來的角鬥士從來不知道什麼是失敗……三個奧雷。」

「什麼？」西恩叫了起來，三個奧雷就是三

個金幣，而我們一共就四個奧雷，「我們兩個人報名，不是一人一個奧雷嗎？」

「噢，最近我們學校新增加了一些課程，還附送鎧甲。」老闆一副不容還價的表情，強調着理由，「再說，我們學校的伙食是最好的。」

我毫無辦法，因為我們不可能去別的學校報名，我們只好交了三枚金幣，只要再交出剩下的一枚金幣，我們就變成窮人了，但願在錢花光之前，能抓到布德。

「阿瓦爾，送他們去宿舍。」老闆收下三枚金幣，非常高興，他在一張古羅馬人經常使用的莎草紙上記下了我們的名字和入學時間，然後把這張紙放進身後的一個櫃子裏，「明天開始上課，目前你們是來得最晚的，沒關係，有教官專門訓練你們，半年後你們就會成為最英勇的角鬥士了。」

這所學校和現代的學校不一樣，學校不分班，來的時間不一致的學員都在一起學習，一般經過半年學習，就能成為一個能征慣戰的角鬥士了。有些

基礎差的，可能還要再學習半年，基礎好的，四、五個月就能參加在鬥獸場舉辦的角鬥士比賽了。

阿瓦爾帶着我們向宿舍走去，一邊走，阿瓦爾一邊看着我們的衣服。

「黑心呀，看到你們穿着絲綢的衣服，兩個人就收三個奧雷。」阿瓦爾説，「老闆就是這樣，太貪錢了，其實報名費是一人一個奧雷，你們完全可以去別的學校。」

「我們……」我也沒辦法和阿瓦爾説我們的來意，「我們久聞這所學校的大名……」

我們來到一座兩層建築前，這裏每隔幾米，就有一個門洞。阿瓦爾帶着我們來到一個門洞口，把我們帶了進去，這裏就是我們的宿舍了。

宿舍裏很簡單，有幾張牀鋪，一張桌子，桌子上擺着幾個陶罐。裏面有個二十多歲的年輕人坐在桌子旁，看到我們進來，沒有什麼表情地看着我們。

「這是新來的學員。」阿瓦爾向那人介紹説，

「他們今後就住在這裏⋯⋯」

阿瓦爾把我們帶進來，簡單説了幾句，走了。二十多歲的年輕人身材高大、健壯，看上甚至有些兇悍。

「你好，我叫凱文，這是我的朋友西恩。」我對那個漠視着我們的人説，我看出他的冷淡，但是我們必須保持禮貌，「我們從拿坡里來，今後請多幫助呀。」

「嗯。」那人冷冷地説，「我叫布德。」

我和西恩當場就呆住了，他就是布德？一點也不隱藏身分嗎？年齡倒是和我們要抓的布德相仿。

西恩站在了布德側後方，和我形成夾擊之勢，看上去西恩都要抓捕了，而我想問題不會這麼簡單。

「啊，布德，你好。」我連忙説，「這個名字真好聽，那麼你從哪裏來的？」

「管得還真多。」布德冷冷地看着我，「我家就在塞西爾大街，我就是羅馬城本地人。」

「噢，噢，是這樣呀。」我察覺出可能遇到重名的人了，這個布德自稱羅馬城本地人，調查起來應該很輕鬆，所以不會是我們要找的布德。

我對西恩使了個眼色。布德則有些詫異地看着我們。

「你們睡外面那兩張牀，我先來的，所以今後這個屋子一切聽我的。」布德繼續冷冷的，他看看西恩，「你叫西恩？晚餐幫我拿到屋子裏來吃，我懶得去飯堂。」

「我還懶得去呢……」西恩頓時叫了起來，他有點生氣了。

「啊，我去，我去。」我連忙看看西恩，隨後拉着西恩向外走，「我們去學校轉一轉，噢，這裏可真不小呢……」

西恩被我帶出了屋子，他還是憤憤不平的。

「剛來就欺負我們……」西恩大聲地說。

「不要和他吵，千萬不要。」我叮囑道，「要記住我們是幹什麼來的，找到布德要緊，不要把時

間耽誤在別的地方。」

「屋子裏就是布德。」西恩沒好氣地説。

「他是個重名的，我們一定要把真的布德找出來。」我説着拉着西恩向庭院裏走去。

我和西恩在庭院裏坐了一會，我們觀察着身邊走過的人，此時已經是傍晚了，當天的課程早就結束了，所以學校裏看不到激烈的訓練，聽不到高聲的吶喊，一切都很安靜。這所學校招收的學員都是羅馬的自由公民，所以也沒有門衞值守。據説城外一些鬥獸士學校，培訓的都是奴隸和戰俘，最終和獅、虎、熊等野獸進行殊死搏鬥，死亡率幾乎百分之百，所以那裏才有嚴格的看押。

忽然，我感到手腕一陣震動，是張琳在呼叫我們。我連忙走到一個無人的地方，舉起手腕，張琳的臉出現在了手錶上的水晶球狀表面上。

「凱文，西恩，你們怎麼樣了？報名了嗎？」張琳問道。

「一切正常，我們報名完畢，也有了宿舍。」

我回答道。

　　「那你們明天早上就要開始上課了，注意學生中隱藏的布德，發現他後呼叫我，我們抓到他後立即返回。」張琳叮囑道。

　　「好的，你放心在旅館等着，明天我們重要的任務是辨識出這個人。」我的語氣很是堅決。

CHAPTER 4

尋找布德

晚餐時間，我們在學校的飯堂吃了飯，吃飯的費用包括在學費裏，倒是不用再花錢了。我們吃了古代羅馬的食物，用麵包蘸着葡萄酒，與橄欖、奶酪一起吃，還吃了豌豆沙拉。西恩對這些食物讚不絕口，我倒是沒覺得特別好吃。

我們給同宿舍的布德帶了一份晚餐，這傢伙還是冷冷的，連句謝謝都沒有説，自顧自地去吃飯了。天黑後，這裏更加安靜了，布德點燃了一盞油燈，他也不和我們説話，我倆也想着明天辨認出布德的事，最後早早地休息了。

第二天一早，這所學校全體角鬥士學員都聚集在飯堂裏，足有三十多人。這次人都到齊了，我和西恩在裏面找着像布德的人。這些學員都是自願學習角鬥術的，不僅從不同地方來，年齡也很不一致，最大的居然有四十多歲，我和西恩還不是最小

的，有兩個學員比我和西恩還小一些。從年齡上，我們把四十多歲的、二十歲以下的都排除了，這樣大概還有二十人左右，和布德的年齡大體一致。早餐時段，我們沒有找出布德來。

吃完飯後，大家全體集合在學校裏面的操場上，這就是角鬥士訓練地了，只見操場旁邊，已經立好了幾個架子，兩個架子上是盔甲，另外兩個架子上擺滿了武器，其中最讓我們好奇的是漁網，古羅馬戰士會把漁網拋到對手身上纏住他，然後趁機擊殺，這種武士有個名字，叫做網鬥士。

阿瓦爾指揮我們站成了三排。這時，一個身材高大的人走到我們面前，他大概三十多歲，非常有威嚴。阿瓦爾和另外兩個人都站到了這個人的身後。

「大家注意，今天的授課開始了。」這個人開始了訓話，他看到了我和西恩，「對了，今天有兩個新來的，記住，我是總教官多明尼克，所有的人都要服從我的指揮，雖然你們都是羅馬的自由公

民，但是不聽話，不好好練習，我一樣教訓——」

大家都直直地站在那裏，看起來都有些怕他。多明尼克看了看大家，似乎很滿意大家對自己的遵從。

「現在開始在教官的帶領下進行訓練，第一排的，在操場跑步；第二排的，練習舉重；第三排的，練習對攻——」

我和西恩在第三排，看來我們要練習對攻了。負責我們這排的是阿瓦爾，他把大家分組，練習對攻。他把我和西恩叫到一邊。

「讓我來看看你們的實力。」阿瓦爾說，隨後他做出了一個防禦動作，「凱文，你先來，攻擊我，快——」

我看看阿瓦爾，想着怎麼攻擊他，我是超能力者，雖然不像張琳那樣是個攻擊大師，但是比起一般人，我的攻擊力要大太多了，不過此時可不能表現出來，我用了大概不到十分之一的力氣，開始出拳打向阿瓦爾。

「好——好——」阿瓦爾撥開我的拳頭，「不錯，比我想像的要好很多。」

我連忙調整，放低了出拳力度，我可不想被看出來有很強的攻擊力。

測試完我，阿瓦爾開始測試西恩，我看了西恩一眼，西恩點點頭，他也把攻擊力放低很多，不過還是被阿瓦爾誇獎很有力氣。

整個角鬥士學校裏，已經是一片熱騰，跑步的學員跑了好幾圈，舉重的學員反覆舉起巨石，練習攻擊的學員，除了我和西恩，都穿上了盔甲，舉着盾牌，使用木製的寶劍練習劈刺。

布德就在大家中間，阿瓦爾教授了我和西恩幾個用寶劍劈砍的動作，然後去指導其他學員了。這麼幾個簡單動作，我和西恩都會，但是仍然要假裝學習。不過，通過這一小段時間的觀察，我們發現角鬥士學校的教學的確非常強大，比現代的訓練更為有效、實用，難怪很快就培訓出寇里這樣的兇悍殺手。

我和西恩假意練習着劈砍動作，其實一直觀察着其他的學員，找到布德才是我們的目的。

　　有兩個學員站在操場邊，看着另外兩個練習攻擊術的學員劈刺，西恩走到兩個學員的身後，先是靜靜地站着。

　　「布德——」西恩突然叫道。

　　兩個學員都沒有理睬西恩，還是在那裏看別人練習。我走過去，把西恩拉到一邊。

　　「我說，你在幹什麼？」

　　「我在用我的招數，如果是真的布德，聽到有人突然叫他的名字，就會下意識地回頭應答。」西恩很是得意地說，「這樣我就立即知道誰是布德了。」

　　「這……」我想了想，似乎這個辦法可行，我還沒說什麼，西恩已經跑去繼續「試驗」了。

　　我其實也在想辦法，我把目標對準了那大約二十個和布德年齡相仿的人，我們獲得的資訊是布德個子較高，我又排除了七、八個身材不是那麼高

大的人，目標範圍越來越小了。

　　此時，我正在從談吐和舉止上判斷這十幾個人中哪個來自現代，一時沒有結果。還是西恩比較主動，他已經問過好幾個人了。

　　西恩此時又走到兩個人身後，這兩個人穿着鎧甲，各拿一把寶劍，正在觀看阿瓦爾的教學演示。

　　「布德——」西恩聲音不大。

　　「嗯？」我們宿舍的布德轉過身來，看着西恩，一臉疑惑，「你有什麼事？」

　　「啊？」西恩大吃一驚，布德穿着鎧甲，西恩本來就和布德不熟悉，沒看清就站在了布德身後。

　　「怎麼回事？叫我幹什麼？」布德有些不高興了。

　　「啊，啊，中午飯還要給你拿到宿舍嗎？」西恩還算是機靈，靈機一動地問。

　　「不用了。」布德說，隨後轉過身繼續看阿瓦爾的表演。

　　「你——」多明尼克總教官走了過來，指着西

恩，「打擾學員學習——」

「啊，總教官先生，我錯了，我錯了。」西恩連忙說。

「去那邊舉石頭一百下。」多明尼克不客氣地說，「下回再這樣就用鞭子抽了。」

西恩嚇壞了，連忙跑去舉石頭了。這個西恩，似乎有些急於求成了，不過我也理解他，我也着急地想要把布德馬上找出來。從我的觀察看，這些人都很正常，除了一個叫維托的人。之所以懷疑他，是因為我發現他忽然說了一個現代人用的詞，不過就一次，也許是偶然。奇怪的是，這人似乎也在觀察我們。

為了不讓多明尼克總教官懲罰，我在操場上用力地使用寶劍練習劈砍，看到多明尼克走到一邊，不再關注我們這裏。我悄悄地走到維托身邊，他正在使用一張網，拋向十米外的一個木樁，這是網鬥術的重要技法，準確地纏住對方才能進行擊殺。

維托拋出的網還算精準，他拋了五張網過去，

有三張套住了木樁。這裏的好多學員都已經學到了相當的本領了，加上有些人以前就有一定基礎，所以看上去他們個個都像身手不凡的古羅馬戰士。

維托看到我站在他身邊，不是很友好地看看我。

「嗨，你好。」我連忙説道，「你拋出的網真準確，太棒了，你就像電影裏的羅馬武士一樣，真威風。」

我誇讚着，但是我的言語裏露出了現代詞彙和現代事物，如果維托來自現代，他當然一定看過電影，我觀察着他面部的變化。我這是比西恩還要明顯的試探，因為我感覺維托很有可能就是布德。

「你説的什麼話？什麼叫電影？」維托有些驚異，但是表情還算是平淡。

「電影……」我倒是不知道該怎麼回答了，「就是一種……戲劇，戲劇裏有武士，和你一樣威猛。」

「是嗎？」維托忽然笑了笑，「你和那個在舉

石頭的朋友，好像都不太正常呀。」

「是嗎？沒有呀。」我倒是有點慌了，不知道被維托看出了什麼，「噢，我們今天是第一天學習角鬥術，所以有很多不明白的地方，就會到處尋問……」

「是嗎？」維托有些狡猾地笑了笑。

我連忙走開，這個維托，看上去很難對付。剛才我用現代的詞彙試探他，也沒試探出什麼，但是我對他的懷疑一點都沒有減少。

CHAPTER 5

逃奴

一上午的訓練很快就結束了，大家休息了一會，然後是午餐和午休的時間。西恩練了一上午的舉重，累壞了。我和他來到飯堂的時候，學員們基本上都在裏面了，有些人都已經開始吃上了。

「嗨，兩個怪人。」我和西恩經過一個正在桌子旁吃飯的學員時，這個學員看到了西恩，嘲笑地對旁邊的人說，「看見誰都要叫一聲『布德』，哈哈哈……」

「你──」西恩的臉漲得通紅。

我連忙把西恩拉走了。我們的目的是找到布德，遇到一些挑釁也不能作出回應，引起事端會影響了我們本來的目的，布德一旦回到現代社會，造成的危害可是巨大的，前面已經有了寇里的例子，這種事不能再發生了。

我和西恩來到一張大桌子前，桌子上擺滿了

飯菜，桌子後站着一個人，如果想吃什麼，就點什麼，這人會把點的飯菜放到你拿着的陶製盤子上。

西恩看到美食，什麼都忘了，他連着點了好幾個菜，我也點了幾樣，隨後我們找了一張空着的桌子坐下，開始吃飯。午休的時間我們還要去和張琳碰面呢，想必她一定很着急。

我和西恩坐下後剛吃了一會，忽然，我們的身邊坐下了一個人，正是維托。很好，我正懷疑他呢，沒想到他自己坐過來了。

「嗨，凱文，西恩。」維托把自己吃飯的陶盤放下，對我們笑笑，「我聽説你們從拿坡里來的，是嗎？」

「啊，是的。」西恩連忙説，我也點點頭。

「很好，很好。」維托説，「其實我也是從拿坡里來的。」

「啊？」我先是一愣，隨後笑了起來，「太好了，我們都是從拿坡里來的，以前倒是沒有見過你。」

「拿坡里也不小呀，沒見過很正常，而且我來羅馬已經兩年了。」維托說，「啊，費斯大橋邊上的那個紀念柱建好了沒有呀，我來的時候就開始建造了，不知道現在建好了沒有。」

「建好了，已經建好了，都兩年了。」西恩搶着說，我察覺到維托這樣問似乎有什麼不對，但是想阻止西恩已經來不及了。

「費斯大橋那裏根本就沒建造紀念柱。」維托說着露出狡猾的笑容，「你們兩個根本就不是拿坡里來的。」

我就覺得這個維托不簡單，但是沒想到被他識別出身分。但是另一方面，他對拿坡里很熟悉，那他就不是我們要找的布德。

「我們離費是大橋很遠，平時也不會從那裏經過⋯⋯」西恩還在辯解。

「費斯大橋，不是費是大橋。」維托笑了笑，西恩的辯解反倒更確定我們不是拿坡里的人了。

西恩不說話了，他非常尷尬地看着我，不知道

該怎麼辦了。

「簡單說吧，你們其實是逃亡的奴隸，我根本就不關心你們是哪裏來的，也不關心你們如何成為奴隸的。」維托很是陰險地說，「給我一個奧雷，我就不把這件事說出去，否則我會去向市政官告發你們，你們就會被城市軍團的士兵抓走，扔到鬥獸場裏被獅子咬死也說不定呀。」

我和西恩都呆住了，這個維托沒有認出我們是穿越來的，他也不可能知道。他認為我們是逃亡奴隸，還索要錢財，說明了他貪婪的本性，我和西恩完全可以狠狠教訓他一頓，但是這樣一來，我們武力高強的情況也就暴露了。布德就在大家中間，看到這點會立即警覺起來，甚至逃走都有可能，所以我們不能過早暴露，只能忍受。

「好吧，我們是逃跑的奴隸，請你不要去告發我們。」我忍着憤怒，懇求道，「可是我們的錢不是很多……」

「凱文──」西恩看看我，我發現西恩握着拳

頭，似乎就要出手了。

我拉了拉西恩，向他使眼色，他其實也知道我這是委曲求全，拳頭慢慢地鬆開了。

「一個奧雷，不能少了，一個奧雷兩條命，你們想想，多麼划算。」維托繼續威脅着我們。

「好吧。」我點點頭，拿出我們最後一枚奧雷金幣，遞給了維托。

「祝你們好胃口。」維托興奮地接過金幣，端着陶盤走了，「放心，我是不會説出去的。」

西恩瞪着他，我們這下徹底變窮了，我們只有一些零錢了。

這頓飯吃得索然無味了，布德沒有找到，我們不是拿坡里人倒是被看了出來。我和西恩都有些垂頭喪氣的。這時，我的手錶一陣震動，是張琳在呼叫我們，我連忙背過身去，飛快地告訴張琳我們馬上就來。

吃好午飯，有一個小時的午休時間。我和西恩出了學校，張琳就在對面的商店旁等着我們呢，看

到我們出來，她連忙招了招手。

我和西恩穿過馬路，和張琳來到商店後面。

「怎麼樣？找到布德了吧？」張琳一見到我們，就興奮而急切地問。

「不怎麼樣，被別人發現我們了⋯⋯」西恩很是痛苦地說。

我們把事情的經過告訴了張琳，張琳聽後，滿臉憤怒，要去把錢搶回來，還要教訓那個維托一頓。

「別去呀，求求你了，我們還打不過維托嗎？」我拉着張琳，「你要是去教訓維托，真正的布德一定能察覺出我們來自現代，即便不馬上跑掉，也會非常警覺，找不到他的後果你還不知道嗎？」

「你——」張琳好不容易被拉住，但是她立即把矛頭轉向了我，「你不是分析大師嗎？你怎麼還找不到布德呢？你都在忙什麼呢？」

「我⋯⋯」我也說不出什麼了，不過這個布德

隱姓埋名，我們獲得的資訊極為有限，的確不好找呀。

「凱文需要些時間。」西恩在一邊很是同情地幫我阻攔張琳不客氣的詢問，「他能想出好辦法的。」

「要不然……這樣行不行……」我想了想，「那個寇里交代說，他是在這邊的4月入學的，而布德比他入學要早一、兩個月，那麼我們只要查到2、3月份入學的學員名單，就能大大縮小尋找範圍了。如果運氣好，那個時間只有一個人入學，那麼就能直接確認是布德了。」

「嗨，凱文，這麼快就想到辦法了。」西恩興奮起來，「怎麼不早點想到呢？」

「我是剛剛想到的，這些辦法要想的，不可能自己飛到你的腦子裏。」我說，的確，這是我剛剛想到的辦法。

「怎麼才能查到呢？」張琳很是不放心地說，她有時候就是這樣，居然會懷疑我這個分析大師的

想法。

「我和西恩進行入學登記的時候，老闆把我們的名字寫在了一張莎草紙之上，這個他應該會和以前報名學員的紀錄一起保存，找到這些紀錄就能找到布德了。」我向張琳解釋。

「可是怎麼找到呢？」張琳繼續問，這是她的作風。從好的方面說，這是一種認真，從另外一方面說，這是咄咄逼人。

「這就要有些技巧了。」我淡淡地笑了笑，「可能要趁他們不在潛入老闆的辦公室，我們可不是搞破壞的，只要查到誰在那個時段入學就行。」

「聽上去還可以，不過可能要冒些險了。」張琳點點頭，「為什麼不直接去問呢？」

「再也不問了。」西恩叫了起來，「今天早上我到處叫布德，被人家嘲笑，凱文去問維托，結果問出事來了，我們不會去問了。」

「我……」我頓了頓，「非常贊同西恩的說法，我們現在沒錢了，剛才把錢都問沒了。」

目前的處境比較困難，我們的錢支撐不了幾天了，主要是可能沒錢給張琳支付旅館的費用了，我們必須儘快找到布德，把他抓回去。

CHAPTER 6

比賽作弊

　　我和西恩回了學校，此時的校園裏靜悄悄的，學員們大都在午休。我和西恩故意從那天報名的房間走過，現在我們知道，這裏其實是老闆的辦公室。我們在辦公室旁停下，老闆和人説話的聲音傳來，大概是在談有關錢的問題，這個老闆，一心想着錢。進去找報名登記紀錄是不可能了，我和西恩只好走開。

　　下午，我們再次投入了訓練，我和西恩先是跑圈，隨後練習舉重，可把我和西恩給累壞了。下午下課的時間是四點，臨近下課前，我們欣賞到了一次多明尼克總教官和阿瓦爾教官的角鬥術示範表演，我們見識到了真正的古羅馬角鬥士，疲倦的感覺一點都沒有了。多明尼克總教官和阿瓦爾教官都很厲害，我和西恩暗自判斷，他們的攻擊力應該略超過我和西恩這樣的超能力者，大概和張琳一個級

別，甚至稍高一點。有這樣能力的教官培訓出來的人當然厲害。布德就在學員中，可惜我們還沒找到他。

四點的時候，一天的課程結束。我和西恩盡量表現得什麼都不會，石塊我們可以輕鬆舉起，但是也表現得舉起來很是費力，當然，連舉一百下確實很累。阿瓦爾叫我和西恩下課後加練半小時舉重，我們答應了。操場上只剩下我和西恩，倒是沒人看着我們，我倆舉了幾下，心思根本就不在這上，我們都看着辦公室那裏，我們站的地方距離辦公室有幾十米遠，能看見那裏進進出出的人。

忽然，我們看見老闆一個人出去了，此時房間裏應該沒有人，機會難得，我和西恩馬上跑過去，我準備讓西恩幫我看着，我進去找一找報名登記紀錄。不過非常不巧，辦公室門前站着三個學員，興高采烈地説着什麼，而且一點離開的樣子都沒有，他們就距離辦公室不到十米遠，我要是進去，一定會被看見。如果我在裏面很長時間，他們有可能懷

疑，走進來看看，那就有危險了。

　　「繞到後面去，看看能不能推開窗戶。」西恩突然出了個主意。

　　「嗯，很好。」我連忙點着頭說。

　　到辦公室的後窗先要繞到房子的後面去，我和西恩快步繞過去，然後俯着身來到辦公室的後窗，我們把頭探出去，我們所處的古羅馬時代，已經有了玻璃和玻璃製品，這扇窗戶鑲的也是玻璃。我們發現，辦公室裏一個人都沒有。

　　西恩悄悄地推了一下窗戶，窗戶動了，看樣子沒有插上插銷。我們決定一起進去，西恩在門口觀察，我去找報名登記紀錄。

　　西恩又輕輕地推了一下窗戶，窗戶開了一條小縫，他剛要完全推開窗戶，這時，門口那裏有個人影一閃，我和西恩立即把頭縮回去，身體貼着牆壁，好險呀。

　　「……來，來，我們商量一下，阿瓦爾，把門關上。」一個聲音從裏面傳出來，是老闆的聲音，

聽上去不是一個人進了房間，還有其他好幾個人，起碼有阿瓦爾。

關門的聲音傳來，我和西恩靠着牆壁，沒有馬上走，萬一他們説幾分鐘的事就離開，我們還是可以去找報名登記紀錄。

「上次和你們説的那個事，都考慮好了吧？」老闆在裏面説，「再過十幾天就要和奧恩角鬥士學校教官團隊對戰了，他們的實力絕對不如我們，現在全羅馬城的人都買我們贏，所以事先我自己買我們輸，實戰中我們再故意輸掉比賽，哈哈，我們就發財了……」

「這個……不是很好吧。」多明尼克猶豫的聲音傳來。

「不好嗎？」老闆説，「知道我們故意輸掉比賽能賺多少錢嗎？告訴你們，最少一萬個奧雷，可以辦十間這樣的學校，到時候你們四個每人分一千奧雷，你們在我這裏當教官，一年也就能賺二、三十個奧雷……」

「哇——」一個教官叫了起來，「這麼多，我同意，我早就同意——」

「還是你聰明。」老闆誇讚道。

「這樣可是騙人呀，我覺得很不好。」多明尼克緩緩地說，「我……」

「多明尼克！你這個總教官不想幹了對嗎？我要是把你開除了，看看誰會請你！」老闆威脅道，「這條街上的角鬥士學校都有總教官了，你去了只能當教官，你這個年齡和資歷，你願意嗎？再說你在我這裏每年能賺三十個奧雷，別的學校最多給你二十個奧雷，你有一大家人要養，你失業了他們就餓肚子了，你可要想好了。」

「我……」多明尼克用懇求的語氣說，「老闆，我……」

我和西恩聽着他們的對話，很是震驚。我們大概了解一些，就是羅馬各個角鬥士學校教官們每年都組成戰隊，在鬥獸場進行角鬥士比賽，伊西多角鬥士學校的教官戰隊最近要對陣奧恩角鬥士學校的

教官戰隊了，伊西多的教官實力水準遠高於奧恩的教官，而角鬥士比賽又被羅馬市民當做賭博活動，可以進行押寶，所以市民們都賭伊西多教官獲勝。如果按照老闆的計劃，故意輸掉比賽，而自己事先買自己輸，完全就是一種安排比賽結果的作弊行為，這個老闆真是可惡。

聽上去由於老闆的威脅，多明尼克有些屈服了，老闆用家人的生計威脅多明尼克，我們倒是很同情多明尼克。

「我不同意──」一個聲音傳來，說話的是阿瓦爾。

「什麼？」老闆叫了起來，「你說什麼？」

「我⋯⋯不同意。」阿瓦爾回應說，「我就是我不同意⋯⋯」

「這麼多錢你不要嗎？全是金子呀，放心，沒人會知道的。」老闆有些激動地說，「阿瓦爾，放心，不會有人知道這件事的，拿着這麼多錢，你可以隨便找一個城市生活下去，從此就過上大富翁的

生活了……」

「可是我不想這麼做，這樣不好，我……」阿瓦爾似乎也沒什麼說辭，但是一直堅持自己的說法。

「都同意了，就你不同意！」老闆大叫起來，「有什麼不好的？」

「就是不好……」阿瓦爾的聲音不大，「這是作弊。」

「你想清楚了，就是看你格鬥兇猛才讓你在這裏幹的！」老闆有些氣急敗壞，「四對四的教官戰隊對抗，我可以換了你，但是一個月前我把你的名字報上去了，報名不能更改了。我當時沒想到你會這樣，我可真是瞎了眼！」

「阿瓦爾，能賺不少錢呢。」一開始就同意作弊的教官勸道，「老闆也是為我們好，一起賺錢嘛……」

「行了，商議到此結束！」老闆喊道，「阿瓦爾，你回去好好想想，距離比賽還有十幾天時間

呢。你同意我的想法，完全來得及，否則，我可是不好惹的。」

接下來是開門的聲音，我們不敢看，阿瓦爾他們似乎出去了，但是我們能聽到老闆在房間裏來回踱步。

老闆不走，我們也沒辦法進去找報名登記紀錄。我看看西恩，指了指前邊的出口，西恩點了點頭。

我和西恩小心地離開了。到了一個僻靜的地方，我倆都長長地呼出一口氣，剛才可是差點被老闆發現了。

「原來老闆要作弊，他就知道錢。」我說，「沒想到聽到了這些話。」

「阿瓦爾很不錯，就是不肯作弊。」西恩誇讚起來。

「嗯，確實不錯。」我點點頭，「聽上去如果最終阿瓦爾不同意，老闆要對付他。」

「是這樣的，也不知道老闆會怎麼對付阿瓦

爾。」西恩有些擔心地説。

「開除吧，而且一點工錢也不給他。不過開除了阿瓦爾，老闆也就無法組建戰隊了。」我想了想説，「這個老闆太愛錢了……」

「可憐的阿瓦爾。」西恩同情地説，「不過聽上去他很厲害，到哪裏都能再找到教官的職位……還是説説我們吧，阿瓦爾最多也就是暫時失業，我們找不到布德，那可是要出人命的。」

「晚上，我們去老闆的辦公室，把報名登記紀錄找出來！」我堅定地説道。

我打定了主意，晚上我們要叫上張琳，讓她在外面放哨，我和西恩去查報名登記紀錄。查到報名登記紀錄，我們就明確目標了。

　　晚上的時候，我們假裝去學校外面走一走，在外面的街上和張琳見了面。我們準備晚上八點後開始行動，因為此時老闆早就回家，學員們也早就吃好了晚飯，在宿舍裏了。古代羅馬沒有電視、遊戲等娛樂，大多數人此時都已經睡覺了。我決定從老闆辦公室的後窗進去，如果能推開最好，萬一老闆回家前把窗戶用插銷插上，那我們就要使用一些暴力破壞的手段了。總之，一定要找到報名登記紀錄。

　　我們帶着張琳向學校走去，因為我們是角鬥士學校，學員們都很厲害，所以也不太防備有小偷進來，大門晚上是關着的，但是一推就開。

　　「張琳，你在門口這裏等我們一會，我先去觀察一下，看看辦公室附近沒有人，再叫你們進來。」在大門口，我謹慎地説，我和西恩有些不同

尋常的表現已經被關注了，不能再讓學員們懷疑我們了，否則下面的工作就很難開展下去，所以下面每一步都要小心。

「那你快去。」張琳説。

我轉身，推門進了學校，隨後若無其事地向辦公室走去，辦公室周圍靜悄悄的，這和我想的一樣，校園裏更是沒有一個人走動。

我很高興，忽然，我感覺到了什麼，我覺得辦公室裏傳出來燈光，難道裏面有人嗎？那麼吝嗇的老闆也許會晚回家，但是臨走前一定會把油燈熄滅的。

我連忙走過去，門是關着的，快走到門口的時候，我想轉到旁邊的窗戶看看裏面到底是什麼情況。忽然，門一下被推開了，我嚇了一跳，只見老闆走了出來。

「老闆，你好。」我連忙掩飾着，我感覺他像是要回家，但是裏面的燈還是亮着的。

「嗨，你叫……你叫……凱凱……」老闆看到

我，連忙問。

「凱文。」我糾正道。

「噢，凱文。」老闆說着伸伸懶腰，「我說凱凱，怎麼還不回去睡覺？」

「啊……」我想了想，「我去街上走了走，我睡得很晚。」

「我也是，睡不着，出來透透氣……」老闆說。

「啊？」我愣住了，「你在辦公室睡覺嗎？」

「今天開始的，以前都回家的。」老闆似乎是很想和人說話，他看了看我，眉飛色舞的，「哎，凱凱，你看我聰明嗎？我老婆和孩子都去熱那亞親戚家了，一個多月才回來。我一想，我一個人住那麼大的房子幹什麼，我就把房子當做臨時旅館了，租給那些來羅馬的人，我先住在辦公室裏，一個月後老婆回來我再住回去。哇，就這一個月，我就能賺三個奧雷呀，你不知道有多少人來羅馬呀，哈哈哈，我真是太聰明了。」

「老闆，你確實聰明。」我聽到老闆這些話，差點暈過去，他要是住在這裏一個月，我們怎麼進去找報名登記紀錄呀，白天很難進去，晚上這下是進不去了，「老闆，你都是老闆了，很缺錢嗎？你都開了這麼大的角鬥士學校了。」

「你不懂，這錢不好賺，要交很多稅，角鬥士學校間經常有比賽，要是有個角鬥士負傷甚至死亡，那我就賠大錢了。」老闆擺擺手，「再說我還有個愛花錢的老婆，吃喝什麼都是最好的，家裏還僱用好多僕人，這次她去熱那亞就花了我一百個奧雷，還說錢不夠……」

「一個百夫長一年才賺三十個奧雷。」我吐了吐舌頭，不過我知道老闆喜歡錢的原因了，其實也很簡單，很明顯，他的一家過着非常驕奢的生活，而老闆又是個極其吝嗇、精於算計的人。

「就是呀。」老闆看着我，「所以說我收你們三個奧雷貴嗎？一點都不貴，我還覺得便宜呢，你還有奧雷嗎？再拿一個出來吧……」

「沒啦，沒啦──」我轉身就跑，這個老闆真是貪得無厭呀。

我出了學校的門，西恩和張琳連忙迎上來。

「幹什麼去了？這麼長時間？」張琳埋怨起來，「你說的辦公室附近有沒有別的學員？」

「沒有。」我搖了搖頭，「一個學員都沒有，但是有一個老闆。」

張琳和西恩都吃了一驚。

「老闆晚上就住在辦公室裏，他老婆外出一個月，他把自己家當臨時旅館出租了，所以他這一個月都住在辦公室裏，昨天開始的。」我毫無表情地解釋道。

「一個月？」西恩叫了起來，張琳連忙叫他小點聲，西恩放低聲音，「半個月布德都有被毒狼集團來的人悄悄帶走的可能。」

「對，那樣我們就知道誰是布德了。」我點着頭說。

「這個時候還開玩笑？」張琳有些生氣地看

着我，我其實就是隨口一說，張琳總是那麼嚴肅，「快點想辦法呀。」

「你們也可以一起想呀。」我說的可是實話，老闆住在辦公室，而且是一個月，打亂了我的計劃，「要一起解決問題。」

「你是分析大師呀。」張琳說着摩拳擦掌的，「要是和他們對打，那我出面……」

「教官們都很厲害。」西恩說，「總教官的水準和你也差不了多少。」

「那就試一試呀，看看誰厲害！」張琳很是不服氣地說。

「等等……」我擺了擺手，因為此時一個大膽的計劃出現在了我的腦海裏，當然，這是受到了摩拳擦掌的張琳動作的啟發。

西恩和張琳都看着我，他們大概都判斷出我有新的辦法了。

「張琳，你是攻擊大師，你會不會泰拳？」我看了看張琳，「會一些招式也可以。」

「當然會，從拳擊到跆拳道，我全都會。」張琳說着做了幾個泰拳的攻擊動作，我也會一些泰拳的基本招式，所以一眼就能看出來。

「好了，那你就去和他們打⋯⋯」我說。

「和你們的教官嗎？沒問題！」張琳倒是有點興奮了，不過她忽然疑惑地看着我，「不過，為什麼呀？」

「不是和教官打，是和一個學員，就是那個假布德，噢，也不能說假布德，是和布德重名的那個人打。」我邊說邊完善着計劃，「這個假布德一直看我和西恩不順眼，還總想着欺負我們一下，我來負責激怒他，讓他在全體學員面前和你對打，記住，你必須使用泰拳的招數。泰拳興起時，羅馬帝國已經不存在了，所以除了真的布德，沒有人認識泰拳，我們要找的這個真的布德是拳擊手出身，泰拳的比賽場地和拳擊場一致，也帶拳擊手套，就像張琳熟悉所有攻擊流派一樣，真的布德一定當場就能看出張琳的招式，那麼大家想一想，他會是什麼

表情？他一定驚呆了！注意，張琳此時不能一下就把假布德打倒，否則大家都會驚呆。張琳慢慢和假布德過招，甚至表現出不敵對手的樣子，但是每招都是用泰拳招數，我和西恩負責通過表情查找真布德，此時的真布德才不關心誰輸誰贏，他關心的是張琳怎麼會使用泰拳的招數！」

　　西恩和張琳聽着我的計劃，連連地點頭，我也為這個計劃感到滿意。

　　「這個辦法，應該能準確找到真的布德。不過也要注意，一開始因為張琳一個小女孩和高一頭的假布德對攻，學員們會有點驚異表情，但很快就平靜了，而那個真的布德就不一樣了，他一定一直驚異，他能認出泰拳。」我繼續説，「只要這一下，就能把真布德定位了，接下來……」

　　「接下來就是把真的布德抓住，再把他帶回去，這個很簡單。」張琳很是不在乎地説，「這點你們放心，我一個人就能抓住這個布德。」

　　「你和這個學校的總教官多明尼克對戰，誰

勝誰負我不好説，不過抓住一個學員，完全沒有問題。」我很是信任地看着張琳。

「你對我的能力總是有所懷疑，但是我從不質疑你的能力。」張琳聽到這話，很是認真地對我說。

我想了想，似乎是這樣，好像又不是。我沒有說話。

CHAPTER 8

泰拳

第二天，我們繼續上課，上午是多明尼克總教官指導我們練習使用長槍，這種武器現在早就不用了，所以我和西恩還算是比較有興趣地跟着學習，不過我心裏總想着一會要辦的事，西恩還不時地偷偷觀察「假布德」，他一如既往，表情冷淡地練習長矛刺殺。

上午的課程就要結束了，多明尼克總教官叫我們再練習一會就可以去吃飯了，隨後和阿瓦爾等三個教官離開了。學員們繼續練習着，不過有幾個學員感覺到累，已經在一邊休息了，還有幾個學員互相説着話，不過誰都沒有離開操場。

機會來了，布德和一個學員也站在那裏説着話，我看看西恩，西恩隨即走過去，故意在布德身邊走來走去的。

「喂，我説你，中午把飯給我帶到宿舍去，我

在宿舍裏吃。」布德看到西恩，隨口説。

這正是我們等着的話，當然，他不説這句話，西恩也會有別的辦法，我們想了幾個方案，布德可是我們計劃中的重要一環。

「為什麼？自己去拿，真夠懶的。」西恩站住，故意挑釁地看着布德。

「哎，小小年紀，剛來幾天就這樣和我説話了！」布德當即就生氣了，他衝向西恩，「你是不是想挨揍呀。」

「喂，喂——」我連忙衝過去，攔住了布德，「你這麼大的人，要欺負西恩嗎？」

「不只是他，還有你。」布德瞪着我，「你們兩個可以一起上。」

「算了吧，你以為你又多厲害嗎？我看，你連一個小女孩都打不過。」我小心地把話題引向我們的目的，「別説我們了。」

「你在説什麼？」布德愣了一下，隨後居然笑了，「我打不過小女孩？」

此時，又有幾個學員走來，聽到我説的話，也都笑了。

「學校對面旅館裏住着一個小女孩，很厲害，昨天我和西恩遇到的，她説我們角鬥士學校的學員沒什麼了不起的，西恩就和她比試，打不過她，我上去幫忙，也不行，所以我覺得你一定不如這個小女孩。」我看了看那幾個學員，然後看着布德説道。

「你就是打不過那個小女孩。」西恩連忙附和着我。

「太好笑了，你們可以把她找來，看我一招就擊敗她。」布德上鈎了，「你們不行不代表我不行，你們今後不要出去給學校丟人了。」

「那就在這裏比試吧，我去把那個小女孩找來，她就住在學校對面，我馬上回來。」我説。

「快去。」布德連忙説。

我連忙向學校外跑去，剛出校門，就看見張琳在對面焦急地等着。這個張琳，説好了隱蔽一些，

躲在對面商店旁邊，可她還是站在街上，看着這邊，走來走去。

看到我出來，還沒等我招手，張琳就跨過馬路飛奔過來。我連忙攔了她一下。

「記住，不要急着把對手打倒，多展示你的泰拳……」我提醒地説。

「真囉嗦，我都記着呢。」張琳説着就向學校走去。

「別急，我來帶路，你跟着。」我快走幾步，説道。

我把張琳帶進了學校，還沒走到草場，就看到所有學員們都滿懷好奇地站在那裏，而假布德則在那裏滿不在乎地走來走去，不時和學員説着話，西恩則一個人站在操場邊，等着我們來。

我們來到操場上，學員們看我真的帶來了一個挑戰者，而且還是個小女孩，都一陣驚呼。

「啊，是個東方人。」幾個學員一起叫了起來。

「是誰想挨揍呀。」張琳看着那些學員問，「來呀⋯⋯」

「轟──」學員們發出一陣笑聲，張琳矮假布德一個頭，而且還是個女孩子。

「你來和我打？」假布德也嘲弄地看着張琳，「我一拳就打死你，你可怎麼辦呀？」

「這就是我找來的那個人，她叫『琳』。」我向大家介紹説，「她可厲害呢。」

「來吧，別囉嗦了。」張琳看着假布德，「我把你打趴下就走。先説好，我們不使用兵器，只用拳腳。」

現場又是一陣哄笑，學員們都不相信張琳能和假布德挑戰，也許他們覺得假布德一拳就能把張琳打倒在地。

布德還是站在那裏不動，他似乎也不太好意思和一個小女孩對打。

「嗨──」張琳等不及了，上去就是一拳。

「哈──」學員們頓時一愣，發現張琳似乎有

些水準。

　　布德連忙擋了一下，發現張琳的力氣很大，他也不敢怠慢了。這時，張琳又飛踢一腳，布德連忙閃身。

　　「咔——咔——」我連忙咳嗽兩聲，因為開始這兩招，張琳使用的並不能說是泰拳。

　　張琳明白我的意思，接下來的招數她又打又踢，完全使用了泰拳。布德兩次撥張琳的拳腳，好不容易撥開，差點被打中，這下他不敢掉以輕心，更不敢嘲弄了，他認真地應對着張琳的招式。

　　在場的學員們也都安靜下來，看着張琳出招。對於張琳的招式，他們沒有見過，都很驚奇，出現這種表情很正常，這是我預料到的，但是誰要是一直表情驚異並心事重重，那就是他認出了泰拳的招數，並且感覺到張琳來自現代，有可能是來抓自己的，我和西恩就是要捕捉這種表情。

　　張琳和布德你來我往，張琳故意露出幾個破綻，布德連忙抓緊機會進攻，他使用的都是角鬥士

的搏擊術。學員們在短暫的驚異後，都平靜下來，他們並不理會張琳用的招數，只是看雙方的對攻。張琳每個招式都是用泰拳的招式，懂的人一下就能看懂。

我們根本就不擔心張琳會輸，我和西恩只是觀察着學員們的表情。非常令我感到不解的是，學員們此時都很平淡了，沒有誰特別關注張琳的招式，更沒有誰顯得心事重重。

我有些着急了，西恩也是，但是那些學員們的表情都一樣，都在關注雙方的對戰，難道我的計劃根本就沒有成效？但是我確實找不到我需要的那種表情。

「喂——喂——」多明尼克和阿瓦爾衝了過來，他的表情倒是比較驚異，他大喊着，因為他看見有個學員在和一個不認識的小女孩「打架」。

多明尼克跑來，和同樣驚異的阿瓦爾一個拉着張琳，一個拉着布德。

「不許打架——」多明尼克很是生氣，他一直

看着張琳，「哪裏來的小女孩？怎麼跑到我們學校裏打架？」

多明尼克表情驚異，我們不懷疑他，他在羅馬這邊還有家庭和孩子呢，年齡也不對，不可能是布德。

「我們沒有打架，我們是在比賽呢，看誰厲害。」張琳説着看看我，她大概以為我已經找出了布德。

「阿瓦爾，把她帶出去！狡辯，明明是來我們學校打架，不過小女孩還挺厲害……」多明尼克命令道。

阿瓦爾上去就把張琳往外推。

「快走，你快走——」阿瓦爾邊推邊説。

「我自己會走——」張琳大喊一聲，説着向外走去，還回頭看了我一眼，我是哭笑不得，我沒有找到布德。

「布德，你多大了？和一個小女孩在這裏打架！」多明尼克轉身去教訓假布德。

「沒有呀，是凱文和西恩說外面有個小女孩很厲害，我不服氣，說了兩句，他倆就把小女孩領來和我打了起來……」假布德立即說，「那個小女孩先動手了。」

「你同意和人家過招的。」我先是看看布德，然後看看多明尼克，「不過總教官，確實是比賽，不是打架。」

西恩和幾個學員也向多明尼克說明情況，說是比賽一下拳腳，不是真的打架，兩人根本就不認識。

這時，阿瓦爾也回來了。

「總教官，把那個小女孩趕走了。」阿瓦爾說。

「嗯。」多明尼克點點頭，他看看我和西恩，又看看布德，「你們三個，在操場跑二十圈再去吃飯。」

「憑什麼，又不是我把人找來的。」布德大叫起來。

「再喊叫就加跑二十圈。」多明尼克生氣地

説。

　布德不説話了，轉而狠狠地瞪了我和西恩一眼。我倆就像沒事發生一樣，立即去跑步了。

　學員們也都散了，大都去了食堂。

　「找到了嗎？」我邊跑邊問西恩。

　「啊？」西恩叫了起來，「你難道沒找到？」

　「沒有呀，表情都一樣。」我很是無奈地説。

　「就是呀，表情都一樣，剛開始吃驚，隨後都平靜了。」西恩説，「沒人認識泰拳呀……」

　「你倆別説話，好好跑步——」多明尼克的聲音從遠處傳來。

　我和西恩連忙閉嘴，專注地跑步。

CHAPTER 9

找到了報名登記紀錄

　　布德一直氣呼呼的，我和西恩此時也不想理睬他，我們才不怕他呢。目前最重要的是怎樣找到真的布德。我和西恩去飯堂吃飯，大部分學員都已經吃好了飯，我和西恩胡亂吃了幾口，一起來到學校外面，張琳還等着抓真布德呢。

　　見到張琳，她當然很激動地問有沒有識別出那個是布德，我無奈地搖搖頭。西恩把識別過程告訴了張琳，張琳的表現沒有問題，但是我們就是沒有從學員中找出真布德。

　　「我還很相信你呢，凱文。」張琳有些懊惱了，「之前你還説這個辦法一定能找到布德，可是……」

　　「你有本事，你來想好了。」我也很不高興，張琳太愛嘮叨，我一時也想不出真布德為何和大家表情一致的原因。

「你是分析大師。」張琳立即說，看起來她比我還生氣。

「你是攻擊大師，可是每次實戰，我也沒少參與呀。」我繼續針鋒相對地說。

「你……」張琳似乎有些說不上話了。

「你們不要吵！」西恩連忙在一邊勸阻，「這個辦法不行，我們可以想其他辦法呀。」

「還能有什麼辦法？」張琳問，「老闆又住在辦公室裏，晚上不能進去找報名登記紀錄。」

「要是沒有辦法，這大概是唯一的辦法了。」我看着張琳說，我並不是張琳說東，我偏說西，和她唱反調。進入老闆辦公室的確困難重重，但是我想不出別的什麼辦法找出布德了。

「那快想辦法呀，就在這裏和我吵架能找到布德嗎？」張琳還是很不客氣，但是語氣稍微緩和了一點，她當然知道只是在這裏爭執是找不到布德的。

「那我們就在這個方面想想辦法。」西恩拉了

拉我，「一定能想出好辦法的，關鍵是怎麼讓老闆離開辦公室一會。」

「嗯？」我看了看西恩，「可以呀，西恩，你的這個思路……不簡單呀。」

「別誇我了，快點想辦法。」西恩説，「抓住了真布德，我找個時間讓你誇……」

原本不用冒很大風險的，通過觀察表情識別布德的辦法不行了，只能回到原路上去，還是要找到報名登記紀錄。

我們一起想着辦法，當然，作為分析大師的我，終於又想到了辦法，這個辦法很是直接，承擔的風險也大，而且存在老闆不上當的可能性，但是非常值得試一試。

實施新的計劃就在當晚，時間對我們來説過於奢侈，我們必須抓緊一切時間，搶在毒狼集團的人來之前，找到布德並把他帶回去。

這天晚上八點多，我們三個躲在校門口。我先去辦公室那裏偵察了一下，老闆就在辦公室裏坐着

呢。我跑到校門口，張琳和西恩都等着我。

「老闆一個人在呢，張琳，你可以行動了。」見到他倆我就説。

「你們確定今天我和假布德打鬥的時候老闆沒有看見我？」張琳有些不放心地問。

「啊呀，都説過了，老闆那段時間不在，下午才回學校的。」我急着説。

「好……」張琳似乎還在猶豫，「那老闆會不會不相信我的話？」

「那要看你的表演水準了，另外，老闆是個守財奴，信不信都會回去看看的……」我消除着張琳的疑惑。

「凱文，現在我不太信你的話了。」張琳看看我，「但是沒辦法，要完成任務，我去試一次啦。」

「好，好，你快去。」我催促説。

「那你們先去辦公室大門附近藏着吧。」張琳指了指學校裏面，「一分鐘後我進來。」

「記住，是瓦萊大街。」我叮囑道。

「記着呢。」張琳不耐煩地説。

我和西恩跑進學校，在辦公室旁的一棵大樹後躲了起來。果然，一分鐘後，張琳跑了進來。她急匆匆地去敲辦公室的門，我們能看見她，也能聽見她説話。

門開了，老闆站在門口，看到一個不認識的小女孩，有些詫異。

「喂，你是不是這所學校的老闆？」張琳問。

「是呀。」老闆點點頭。

「你是不是住在瓦萊大街？」張琳又問。

「是呀。」老闆説，「什麼事？」

「我就住在學校對面，我知道你。」張琳説，「剛才我從瓦萊大街那邊過來，看到一個房子着火了，圍觀的人都説是你的房子，還説你住在學校裏。」

「啊──」老闆大叫了起來，「真的嗎？」

「你還不相信？」張琳轉身就走，她表演得還

不錯，「又不是我的房子，你愛信不信……」

「我的房子呀——」老闆説着就衝出了門，他居然連門都沒有關。

「走呀，不信就去看看。」張琳説着向外跟着跑去，「我和你一起去呀，我反正又不會半路跑掉的——」

老闆和張琳一起出了學校，向瓦萊大街那邊跑去。總體來説，張琳表現很好，除了最後兩句，非常多餘，等於是把我們想讓張琳半路找機會跑掉的計劃都説出來了。張琳半路一定要跑掉，因為老闆的房子根本就沒有着火。

我們需要的是老闆外出一段時間，老闆回來之前我們一定要找到報名登記紀錄。老闆沒有關門就跑出去了，這點我們倒是沒想到，這樣我們不用去暴力開窗了，老闆應該是很着急。另外，辦公室裏他應該也沒放什麼財物。

我和西恩一起進了辦公室，辦公室的空地上，擺了一張大牀，這是老闆的牀。辦公室裏的油燈還

亮着，裏面的照明非常好。

「我記得老闆把寫着我們名字的紙放到了櫃子裏。」西恩一進去就向房間裏面的櫃子走去。

「找找看。」我也記得老闆是把那張紙放進了櫃子，我把門關好，以免有人經過看到我們。

櫃子沒有鎖，西恩打開櫃子，櫃子分成三層，每層都放着不少東西。中間一層，放着很多被夾子夾起來的紙，西恩拿過一摞紙，翻了翻，看看上面的字。

「購買盔甲單據，購買盾牌單據……不是這個……」

西恩說着把那摞紙放下，我也拿起一摞紙，看着上面的字。

「購買麵包單據……」我唸着紙上的文字，「不是這個……」

「奧古斯丁，1月份入學，收到學費半個奧雷……」西恩又拿起一摞紙，翻看着並唸起來，「啊，凱文，奧古斯丁的學費才半個奧雷，我們兩

個交了三個奧雷，平均一個半奧雷，這個老闆太黑心了……」

「等等……」我激動地打斷了西恩，搶過那摞紙，「西恩，就是這個呀，這就是報名登記紀錄。」

「快看2、3月份有誰入學。」西恩猛醒過來，激動地說，「1月份入學的就別看了。」

我的手都有些顫抖了，我激動地翻着那些紙，這些紙張大概有三十張，正好就是目前學員們的數量，一月份入學的有兩個學員。

「庫拉尼，啊，就是那個年齡最大的，2月入學，收取一個奧雷……」我唸道，「下面一個，阿瓦爾，3月份入學；科多，3月份入學……」

「阿瓦爾？」西恩叫了起來，「阿瓦爾不是教官嗎？」

「維托，4月份入學……」我又看了看，剩下都是四月份以及之後入學的，其中五月份入學的最多，大概有二十個學員，「2、3月份一共就三個學

員入學，庫拉尼三十多歲，科多十幾歲，年齡都和布德不符合，阿瓦爾倒是二十多歲，可是他是教官呀。」

「凱文，你想想看，學員們還有誰叫阿瓦爾？」西恩皺着眉，努力地想着。

「沒有了，學員中絕對沒有叫阿瓦爾的，這個我很清楚。」我想了想説。

「名字寫錯了嗎？」西恩問，「老闆不會這麼粗心吧？」

「等一等……」我擺擺手，我的腦子裏劃過了一個想法，急忙又去翻找那些一摞一摞的紙，「現在是11月，角鬥士學校的學習半年就畢業……」

「是呀，凱文，你在説什麼？」西恩疑惑地問。

我翻找着那些被夾子夾着的紙，忽然，我找到一摞紙，第一張上就有多明尼克的名字。

「多明尼克，領取一月份薪水三個奧雷。」我唸道，「啊，就是這個……」

我激動地往下翻着，西恩在一邊看着我，他還不知道我的想法。

「10月份，啊，就是這個……」我翻到了後面領取薪水的紀錄，「阿瓦爾，領取一個半奧雷……我明白了……」

「什麼？」西恩看着我問。

「阿瓦爾是個學生，他就是布德，他3月份入學，9月份畢業，畢業後留在這裏轉成了教官，10月份就開始領取教官的工資了。」我點着頭說。

「算是……留校任教？」西恩也明白了，他雙眼放出光來。

「沒錯。」我用力點着頭，「阿瓦爾就是布德，他在3月份入校，因為能力強大，畢業後就變成了教官。」

「難怪假布德和張琳對打我們識別不出來，學員裏根本沒有阿瓦爾。」西恩握着拳頭，「終於把他給找出來了。」

「馬上去告訴張琳，明天我們來抓這個阿瓦爾

回去。」我急忙把那摞紙都放下，並一一照原樣擺好，「走吧……」

我和西恩向外走去，我剛走到門口，就聽到門口傳來了老闆的聲音。

「……這是哪裏來的小騙子，下次別給我碰到她……」

老闆回來了，我們出不去了，現在再去翻窗也來不及了，我拉着西恩，一下就鑽到了老闆的牀底下。

「吱——」的一聲，我和西恩剛鑽進去，老闆就進來了。

「小騙子，竟敢騙我——」老闆氣呼呼地説，「氣死我了——」

我和西恩非常緊張地躲在牀下，雙拳都緊握着。現在只能等老闆睡着以後我們再出去了。

老闆在屋子裏走了走，隨後坐在了牀上，他應該是累了。他嘴裏的「小騙子」無疑就是指張琳，因為老闆家根本就沒着火。我們知道老闆家距離學

校不算遠，如果不是去找領取薪水的單據，我們能趕在老闆回來前出去。

老闆吹滅了油燈，房間裏一片漆黑。老闆躺了下去，沒有一會，他就睡着了，緊接着還打起了鼻鼾。聽到老闆睡着，我拉了拉西恩，西恩也拍了拍我，知道我們要出去了。

我從牀下爬了出來，西恩也爬出來，我們小心地向門口爬去。牀上老闆鼾聲正濃。

我的手觸碰到了門，想拉開門就跑出去。

「阿瓦爾——」

一個聲音傳來，是老闆的聲音。可是我不是阿瓦爾，西恩也不是。我倆都呆住了，我的手摸着門，一動不動的。

「我饒不了你——」

又是老闆的聲音，我明白了，這是老闆在説夢話。他還記着阿瓦爾不肯作弊的事呢。我小心地拉開了門，迅速站起身走出去，西恩跟着我走出去，隨後把門小心地關好。

出了門，我倆向大門口飛奔而去，出了校門，我們沒看到張琳，我們約好在這裏會面的，我和西恩向張琳住的旅館走去。

　　「嗨——嗨——」張琳的聲音從一棵樹後傳來，我們轉身，看到張琳走了過來，她剛才一直藏在樹後呢。

　　「差點被老闆發現，我們出門，老闆進門，我們鑽進牀底下等老闆睡着後才出來的。」西恩一見到張琳就抱怨，「怎麼不在老闆回來前先來辦公室告訴我們？不是叫你和他快到他家，就甩開他先回來嗎？」

　　「老闆一路跟得緊，還問我火大不大，我就應付着他，快到他家我找機會鑽進旁邊的一個小巷。」張琳急忙解釋，「結果路不熟，繞了半天才出來，趕到這裏的時候，遠遠地看到老闆先回學校了，我倒是不擔心，有隨機應變的凱文呢。」

　　「噢，這算是誇我吧？」我揮了揮手，很是不滿，張琳一點歉意都沒有。

「對不起，我今後一定注意。」張琳總算是致歉了，「怎麼樣？找到布德了嗎？」

「找到了，布德其實就是阿瓦爾，阿瓦爾就是把你送出校園的那個教官。」西恩搶着説。

「布德不是學員嗎？他是來角鬥士學校學習的，不是來當教官的。」張琳差點叫起來，「怎麼可能？」

「他是來學習的，我們找到了他3月份的報名登記紀錄，同時我們也找到了他在10月份開始領取教官薪水的登記。」我説，「他是在學員畢業後留在這裏當教官的。」

「噢，我明白了。」張琳這才恍然大悟，「啊呀，我説呢，這個阿瓦爾把我送出學校之後，拚命打聽我的一切，問我叫什麼，從哪裏來的，剛才那些打鬥的本領是跟誰學的，名字是什麼，問了好多好多，我都煩了，就跑了……」

「啊呀，張琳，很明顯阿瓦爾看到了你和假布德的過招，可惜當時我們根本就沒有注意他的表

情。」我急着説，「張琳，阿瓦爾問的這些，你怎麼不早説呀，他是看出你使用泰拳了，心虛了，這才問你那麼多。」

「我怎麼知道他是因為這個，我以為他就是一個教官，把我這個入校打架的人送出去的時候隨便問問的，就是問題太多。」張琳一臉委屈地説，「你們都不知道阿瓦爾是布德，當時我怎麼知道？」

「倒也是。」我點點頭，要求張琳通過阿瓦爾的那些問話識別出他就是布德，要求是太高了，「那你都是怎麼回答他的？」

「我根本就沒怎麼回答，我就支支吾吾。」張琳説，「一出校門我就跑了。」

「好，很好。」我很是滿意地點點頭，「阿瓦爾應該是起疑心了，但是他不可能發現我們是來抓他的。」

「沒發現就好，人都確定了，那就抓他回去。」西恩有些激動地説，「可惜不知道他住在哪

裏，否則現在就去抓。」

　　「明天早上，阿瓦爾一定會來學校，我們在校外抓他。」我想了想，很是堅定地説。

CHAPTER 10

抓到了布德

　　第二天一早，我就站在學校門口，看着兩邊的行人。羅馬城的清早，很是忙碌，街上的人來來往往的，早晨的陽光斜射在大街上，街道都是金光顏色的，非常漂亮，街道邊的建築也鋪滿金黃色。

　　學校是早上八點半上課，我看到多明尼克教官來到學校，和他打了招呼。沒多久，就看到阿瓦爾從西邊走來。我連忙迎了上去。

　　「阿瓦爾教官——」我邊跑邊喊，臉上露出焦急的表情。

　　「凱文，怎麼了？」阿瓦爾看到我，一驚，連忙問道。

　　「教官，不好了。」我急促地説，「昨天在學校裏和布德打架的那個小女孩，又來了，正在小巷裏打西恩呢，我打不過她，就出來喊人了。」

　　「什麼？」阿瓦爾大叫一聲，「在哪裏？」

「跟我來。」我連忙喊着，向一條小巷跑去。

阿瓦爾連忙跟上，我跑進了一條小巷。這條小巷是昨晚我們偵查好的，小巷的盡頭是一片空地，無人居住，應該也沒什麼人走動。

我們急匆匆地沿着小巷跑着，前面就是空地了。只見張琳背對着我們，現場不見西恩。

「在這裏——」我指着張琳喊道。

阿瓦爾衝了上去。我隨即站住，觀察着地形，想着一會要封堵阿瓦爾的逃跑路線。

「你這個人，怎麼又打我們的學生？」阿瓦爾上去就指着張琳喊道，「嗯？西恩呢？」

「布德——」我站在阿瓦爾身後，大叫一聲。

「啊——」阿瓦爾答應一聲，隨後回頭，看到我在喊他，他似乎意識到了什麼，「啊……你喊誰呢？你們宿舍的布德在學校裏……」

「那是一個重名的布德，你才是我們要找的布德。」我直接就把話全都說明了，「你就是毒狼集團派來學習角鬥術的，你3月份入學，9月份畢業後

就留在學校擔任教官了，阿瓦爾是你的化名，我説得沒錯吧？布德！」

「你⋯⋯」布德臉色非常難看，他渾身居然有些發顫，聽到我的話，想辯解的樣子，但又説不出什麼，「你們是什麼人？」

「還是先説説你是什麼人吧！你以前是個拳擊手，被毒狼集團看中來這裏學習，你昨天認出了你身後這個小女孩使用的泰拳，你心裏一定很驚慌吧？」我進一步説道，「但這個小女孩明顯不是來接你回去的毒狼集團的人，你還在等毒狼集團的人。」

「我⋯⋯」阿瓦爾很是痛苦地看着我，還想辯解什麼但是説不出口，「你們到底是什麼人？」

「別跟他多囉嗦了，捆起來帶走。」張琳也早就轉過身來，面對着阿瓦爾的後背，看到阿瓦爾沒有承認自己是布德，還反問我們。於是直接衝上來，上前去抓阿瓦爾的手臂，想把他抓起來。

「嗨——」阿瓦爾看到張琳衝來，連忙一閃。

張琳看到阿瓦爾不肯就擒，一拳就打向阿瓦爾，阿瓦爾撥開張琳的拳頭，反手就是一拳。兩人打在了一起。

阿瓦爾能留在學校當教官，角鬥術水準的確很高，張琳和他過了幾招，一點都沒佔上風，我也衝上去幫忙。阿瓦爾毫無懼色，擊退張琳的一招後，轉身向我推來一掌，我連忙躲開。

「凱文閃開──」張琳大叫一聲，讓我起來，「先鋒寶盒──」

與此同時，張琳先是雙手下垂，右手衣袖中掉出一個半個手掌大小的長方形盒子，盒子上有藍色、黑色和銀白色三個按鈕，張琳按下了藍色按鈕，一把鉛筆長的短劍從盒中飛出，在她的掌心飛速地旋轉了三圈，盒子消失，短劍隨即變得有一米多長，張琳揮舞着長劍對着阿瓦爾就劈砍上去。

阿瓦爾連忙閃身躲開，張琳又是一劍。阿瓦爾手中沒有武器，只能向後退了兩步。這時，我伸手就是一拳，阿瓦爾被打中，他倒向左邊，就地一

滾，隨後靈活地翻身站起。

這時，張琳一劍刺來，阿瓦爾連忙一閃，張琳刺空，這次阿瓦爾不再一直躲避了，他閃身躲避張琳的攻擊，但是並未移動，張琳刺空後一個前傾，阿瓦爾順勢一掌就打在張琳身上，張琳當即被打倒，她倒地後一滾，隨後站起。

「果然厲害——」張琳倒是誇讚起來，看來這個阿瓦爾能當上角鬥士學校的教官確實有真本事，能一招就把張琳擊倒的人可不多。

我揮拳打向阿瓦爾，阿瓦爾一擋，我頓時感到手臂劇痛，這個阿瓦爾臂力驚人。張琳穩定了一下後，揮劍再次展開攻擊，這次她非常小心，而阿瓦爾則沉着應對，雖然手中沒有武器，一點不佔下風。

我在一邊助戰，協助着張琳，阿瓦爾看起來是越戰越勇，我倒是不擔心，因為我們早有準備，我看着空地邊上的大樹，西恩就隱蔽在大樹後面。我忽然把手舉起來，這是我們的暗號，看到我的暗

號，張琳故意退向樹的那邊。

我也向樹那邊撤退，我們把阿瓦爾引到大樹前，忽然雙雙飛身，從阿瓦爾頭頂越過，落地後，我們站在了阿瓦爾和大樹的中間，阿瓦爾立即轉過身，對我們展開攻擊。

「嗖——」的一聲，就在阿瓦爾向我們衝出兩步之時，西恩從樹後拋出一根繩子，準確地捆在了阿瓦爾右腳的腳踝上，西恩隨即一拉，阿瓦爾猝不及防，當即就摔倒在地。我飛上一躍，一拳就砸在阿瓦爾的脖子上，他大叫一聲。張琳已經扔了長劍，手中換成了繩索，她衝上來，幾下就把幾乎被我砸暈的阿瓦爾給捆了起來。

阿瓦爾掙扎了兩下，意識到自己被牢牢捆住，但是他心有不甘，依舊有些掙扎。

「套住了——套住了——」西恩很高興地從樹後出來，「我拋得可真準呀。」

「現在可以告訴你我們是誰了，我們是全球特種警察機構的警察，奉命把你抓回去的。」我對阿

瓦爾説，「阿瓦爾⋯⋯啊，是布德先生。」

「你們是警察？」阿瓦爾有些驚異，「你們真是警察？」

「當然是。」西恩説，「你跑不了。」

「我有些話，説了你們可能不相信，我⋯⋯」阿瓦爾看看我們，眼神忽然變得很委屈、可憐，「我就是布德，是毒狼集團派來學習角鬥術的，但是我早就想脱離他們了，我原本就準備先和他們前來接我的人一起回去，然後找機會逃跑。」

聽到這話，我心裏有了波動，我和張琳、西恩互相看了看，都沒説話。

「我的家人開公司破產，要賠一大筆錢，我需要幫着把這筆錢還上，可是我就是一個普通的半職業拳擊手，沒什麼錢。毒狼集團找到了我，説可以幫我還錢，但是要我來這裏學習角鬥術，今後在他們那裏做『保鏢』，還説他們這個毒狼集團和以前被警方搗毁的毒狼集團不一樣了，今後重新建立，要做正規生意，我急着還錢，就答應了。」

「那你怎麼想要離開他們的？」西恩問，聽他的口氣當然是不太相信阿瓦爾的話。

「在這裏我越想越不對，毒狼集團以前是個犯罪組織，這我知道，現在會不會做正規生意我卻不知道，而且這個『保鏢』不大可能是真正意義上的保鏢。一般的保鏢在當代社會就能找到，而在這裏學習角鬥術，都是攻擊力非常強的攻擊術，很明顯是要去攻擊別人而不是保護人的，我感到很害怕，我可不想成為罪犯，我就想回去後脫離他們⋯⋯」

「你是不是被我們抓到才這麼說的？」張琳輕蔑地問。

「不是的，真的不是，你們可以查一查，我是個好人呀，什麼壞事都沒有做過，我還幫人家追回被小偷偷走的錢包呢，結果自己被刺傷，還好傷不重，《阿姆斯特丹郵報》還報道過這件事呢⋯⋯」

「你是阿姆斯特丹人？」西恩問。

「是的」阿瓦爾點點頭。

「鬆開他吧。」我對張琳說，「我相信他說的

話，他算是誤入歧途，他沒做什麼壞事……」

「鬆開他？」張琳望着我，很是猶豫。

「老闆要教官們在角鬥比賽中作弊的時候，我們暗中聽到了，只有阿瓦爾反對，不想作弊。」我看看大家。

「啊，對，我也聽到了。」西恩叫了起來，「阿瓦爾當時可不知道我們在聽。」

張琳沒再説話，把阿瓦爾給鬆開了。阿瓦爾感激地看着我。

「阿瓦爾，現在我們帶你回去，你能好好配合吧？」我問道。

「我會的，我也想回去的。」阿瓦爾立即説。

「回去後，特種警察總部會對你展開詢問，了解一些情況，沒關係，只要如實回答，你沒什麼大事的。」我又説，「畢竟你從來沒有犯過罪，也是被毒狼集團利用的，你在這邊的表現，我們也會回去匯報的。」

「好的，我會如實回答。」阿瓦爾有些激動地

説，「我是個好人呀，我真不該和毒狼集團接觸，不該拿他們的錢。」

「那我們馬上就穿越回去……」我點着頭説。

「不過……」阿瓦爾看看我，又看看張琳和西恩，「我想去學校一下，用不了幾分鐘，我……」

「你還去學校幹什麼？」西恩有些擔心地問。

「其實就是角鬥比賽作弊的那件事，多明尼克總教官是個好人，昨天我和他談了幾句，他也在猶豫，我勸他千萬不要作弊。」阿瓦爾激動起來，「我昨天回到住處專門找了律師詢問，羅馬也是有法律的，這種角鬥比賽作弊可是重罪，我不想多明尼克總教官因此被抓起來。我就想去告訴他這個，我想我這樣一説，他會明白的，我想勸他離開這裏。這次我走後，比賽缺少報名人數會取消，但是下一次呢，只要老闆在，他就會指使多明尼克總教官作弊。」

「你去吧，我們相信你，我們在這裏等你。」我信任地看着阿瓦爾。

「謝謝，謝謝。」阿瓦爾有些激動，「感謝信任，我不想讓老闆害了多明尼克。」

「快去吧，我們等着你。」我點點頭。

阿瓦爾轉身走了。張琳和西恩看着我，張琳有些緊張。

「就這麼讓他走了？」張琳看着我説。

「他其實是個好人，我相信他。」我看着阿瓦爾遠去的背影説。

CHAPTER 11

即將到來的人熊大戰

　　不過，阿瓦爾沒有回來。我們等了將近一個小時，阿瓦爾也沒有回來。和多明尼克說話最多也就十分鐘，加上可能尋找多明尼克的時間，半個小時，阿瓦爾早就應該回來的。

　　張琳和西恩都抱怨起來，我也緊張起來。阿瓦爾如果欺騙我們，那就遠走高飛了。這樣我們就被欺騙了，但是我還是感覺阿瓦爾不會欺騙我們。

　　「張琳，你先不要抱怨，我和西恩去學校看看。」我想了想說，「問題可能有些複雜。」

　　「但願他沒有騙人。」張琳也有些無奈，「難道他在那裏繼續教課嗎？」

　　我沒有說話，和西恩一起向學校走去。我和西恩想好了說辭，因為我們遲到了，進入學校後，遇到教官會問我們為什麼遲到的。

　　我們進了學校，向操場那邊看去，沒有人上

課，更沒人問我們。這真是奇怪，更奇怪的是學員們都圍在了辦公室門口，似乎有什麼事發生，我和西恩也走向辦公室，剛到那裏，就看見多明尼克氣呼呼地走出來。

「……你就是故意的，阿瓦爾沒有做錯什麼——」多明尼克邊走邊回頭對辦公室裏喊，看得出來，他很憤怒，「我辭職，老闆，你給多少錢我也不幹了——」

多明尼克説完就氣呼呼地走了。

「這是怎麼回事？」我們靠近一個學員，小心地問道。

「阿瓦爾剛才被城市軍團的士兵抓走了。」那個學員説，「阿瓦爾是個逃跑的奴隸，被揭發了身分，多明尼克説這都是老闆陷害阿瓦爾。哎，這下阿瓦爾完了。聽説剛才在軍團士兵面前，阿瓦爾確實不能證明自己以前在哪裏，有沒有羅馬公民的身分……」

我和西恩都驚呆了。城市軍團士兵有着警察

功能，阿瓦爾從現代穿越而來，當然不能證明自己以前在哪裏，也不能證明自己是公民，我們前來時的羅馬公民證件都是特種警察機構發給我們的，看上去可以，但是經不起推敲，阿瓦爾的一定更是這樣。

「阿瓦爾被送到什麼地方了？」我急着問那個學員。

「關押逃奴的地方吧⋯⋯」那個學員看看我。

「具體在哪裏？」

「那我怎麼知道？羅馬城裏關押逃奴的地方有很多，我也不是城市軍團士兵，誰知道送到哪裏去了？」那個學員有點不耐煩地説，「不過我剛才聽到兩個來抓阿瓦爾的士兵説，阿瓦爾後天就要被扔進鬥獸場徒手對戰灰熊了，反正最後要被灰熊吃掉。逃奴呀，不是被處死，就是被猛獸吃掉。」

我和西恩聽到這話，全都呆住了，阿瓦爾徒手對灰熊，真是太殘酷了，可是這是古羅馬，那時候的律法就是這樣，我們也無法改變。我們知道，阿

瓦爾可能面對的不僅僅是一隻灰熊，儘管他有很高的武力值，可以徒手殺死一隻灰熊，還是會被別的灰熊吃掉。而羅馬人還會去鬥獸場買票，饒有興致地觀看這場人熊大戰。

我們又問了一些情況，急匆匆地離開了學校，找到張琳。我直接告訴她，她冤枉阿瓦爾了，老闆報復了阿瓦爾，這點是無誤的，多明尼克已經說得很明白了。我和西恩當初覺得老闆被阿瓦爾拒絕，最多也就是把他開除，或不給他當月薪水，但是情況遠比這嚴重，老闆明顯地要讓阿瓦爾死。

張琳也很着急，我們必須把阿瓦爾救出來。但是剛才我們已經問過了，關押逃奴的地方有很多，而且戒備森嚴。我們不可能一一找過去，就算找到，攻進去也很難。那些地方本身就是嚴防被抓住的奴隸再逃跑的。

唯一的辦法，就是後天在鬥獸場把阿瓦爾救出來，那是我們能看見他的唯一機會，我們只能成功。我們進行了仔細的計劃，一定要把他救回現代。

我們要親自去鬥獸場查看地形。阿瓦爾都被抓走了，我們在那所學校的意義也不大了。我們來到了鬥獸場，鬥獸場非常壯觀，現代的羅馬城鬥獸場是殘破的，我們面前的則是壯觀的、在陽光下映襯

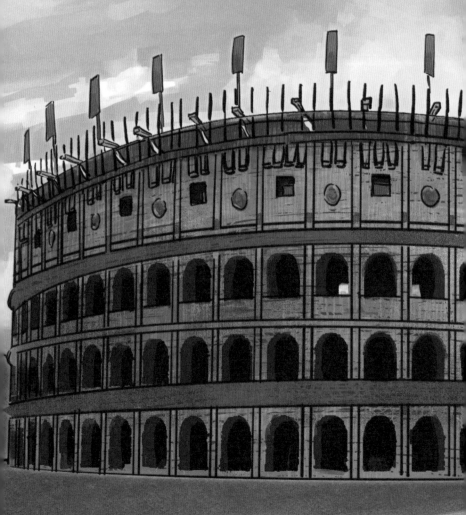

着金色光芒的宏偉建築。

　　「你們看，這是售票的地方，這有鬥獸表演的預告……」西恩率先發現了售票亭，售票亭是一所高大房子，門口貼着張貼海報，「確實，後天有一

場鬥獸表演，表演內容就是逃奴對戰灰熊……」

「六枚第納爾一張票。」張琳看到了票價，「你們有錢嗎？我可沒錢了，我的錢只能應付三天的旅店費了。」

「一個奧雷等於二十五個第納爾，我們三個進了鬥獸場才能看到阿瓦爾，才能救他，但是進去要十八枚第納爾，快一個奧雷了。」西恩計算着説，「我們只有幾枚塞斯泰爾斯了，也就值兩個第納爾。」

「實在不行就飛上去。」我指着鬥獸場第一層外牆的拱門，「開演之後，人們都在裏面了，我們飛到拱門上，從第二層進去。」

「也只能這樣了。」張琳抬頭看着拱門頂部説道。

我們在鬥獸場轉了一圈，我用手錶通訊器和總部取得了聯繫，要了羅馬鬥獸場的圖紙，結合現場，做出了一個詳盡的計劃。我和西恩暫時還要回到學校去，我們要住在那裏，後天我們才能行動。

我和西恩回到了學校，沒有人問我們去哪裏了，因為阿瓦爾被抓走了，少了一個教官，多明尼克總教官也宣布辭職，還把另外一個教官帶走了，這下老闆就只有一個教官。學校亂套了，有的學員要退學費退學，老闆連忙去外面找教官了。傍晚的時候才回來，不知道他花了多少錢，回來的時候帶來一個新的教官，明天勉強能開課了。

　　接下來的一天，學校照常上課，我和西恩完全就是應付課程，我們想的都是怎樣把阿瓦爾救出來，營救阿瓦爾時注定有一場大戰，我們心裏都做好了準備。

CHAPTER 12

營救行動

　　第二天一早，老闆就宣布停課一天，讓大家去鬥獸場看阿瓦爾怎麼被野獸吃掉，讓大家看看不聽他話的人的下場。當然，門票錢他可不會付，他讓大家自己買票，沒錢買票的等着聽阿瓦爾被吃掉的消息。

　　學員們一哄而散，一大半學員都向鬥獸場走去。我和西恩出了學校，找到了張琳。此時，街上不少人向鬥獸場雲集了。古羅馬人把人和野獸的搏鬥當做了娛樂項目，沒辦法，我們也不能改變什麼，當時的情況就是這樣。

　　我們也向鬥獸場走去，西恩忽然拉了拉我。

　　「凱文，我們大白天飛上鬥獸場的二層，要是被看見，可能影響我們救阿瓦爾⋯⋯」

　　「可是我們沒錢買票呀。」我無奈地説。

　　「看看前面是誰？是那個壞蛋維托⋯⋯」西

恩指了指，我看到了獨自一人走在人羣中的維托，
「知道了吧？」

「嗯，明白了。」我看着西恩，點點頭。

「你們説什麼呢？」張琳問道。

「張琳，你去小巷子等一下。」我指了指旁邊一條小巷説，「我們有錢買票了……」

張琳去了小巷子裏，我和西恩快步走了幾步，我拍了拍維托的肩膀，維托回過頭來，看到是我們，狡猾地笑了笑。

「你們也去看鬥獸表演嗎？哈哈，阿瓦爾這個逃奴要被吃了，你們也是逃奴，其實我正在找你們呢。」維托説，「看到沒有，逃奴要被吃掉的，所以你們必須再給我一個奧雷，我要是説出你們也是逃奴，你們也會被吃掉。」

「維托，求求你了，不要説出去。」我一副可憐的樣子，「我們給你錢，但是我們身上沒有錢，我們有個親戚在那邊，不遠，他可是個有錢人，我們去借錢，你和我們一起去吧，借到錢馬上就給

你，省得找不到你。」

「好呀，很好。」維托眉毛一挑，「走呀。」

我們把維托帶進了小巷子，巷子很深，沒什麼人。我們走進去幾十米，張琳忽然站了出來。

「啊，你、你是⋯⋯」維托認出張琳是那天和布德對打的人。

「你什麼你？」張琳猛出一拳，打在維托的脖子上。

維托叫了一聲，當即就暈倒在地上。

「三小時後他自己能醒來，不過無所謂了，半小時醒來也行，這是他最後一次見到我們了。」張琳看着倒地的維托説。

我和西恩翻找到了維托的錢包，裏面有兩個奧雷和一些零錢，維托真是有錢。一個奧雷是我們自己的，我們拿回來買票，剩下的錢我們出了巷子就會給那些乞討的人，剛才已經看見有幾個乞討的人了。

我們離開了巷子，繼續向鬥獸場走去。路上，我

們把維托的錢給了乞討的人。前面就是鬥獸場了，龐大的人羣正匯聚於此，鬥獸場能容納九萬名觀眾，全羅馬城十分之一的人都前來看鬥獸比賽了。

我們買了三張票，隨着人羣進到鬥獸場裏，裏面真是人聲鼎沸，距離中心表演區最近的第一層，穿着華貴衣服的貴族和官員們都已經落座。舉目望去，全場都是人，一些小販挎着箱子四處兜售各種零食，還有瓜果。

「有人就要死了，這些人還像是過節一樣。」張琳感慨起來。

我和西恩也皺着眉。我們去找自己的位置，鬥獸場最下層是大貴族和官員席位，中層是一般貴族席位，上層是庶民的席位，頂層是婦女席位。我們算是庶民，在上層。我們很快找到了自己的位置，張琳應該在頂層，此時她用一條大圍巾圍住自己的頭，沒人注意她是個女孩子，大家的關注點都在中心的表演區。

「嗚——嗚——」的喇叭聲突然傳來，站在表

演區四角的城市軍團武士吹響了號角，這標誌着表演馬上就要開始了，人羣頓時一片歡呼。

表演區的背面，一個通道的閘門突然打開，十個角鬥士衝了出來，揮舞着寶劍和長戟向觀眾致意。接着，對面的通道閘門也打開，另外十個角鬥士衝了出來，他們也拿着武器，觀眾們大聲叫好助威。

兩隊角鬥士立即排列好各自的陣形，為首的角鬥士大喊一聲，雙方立即打在一起。這其實是鬥獸表演前的開場戲，有着暖場作用。如果有角鬥士倒地，對方並不會上去就斬殺了他，而是象徵式地做個擊殺動作，落敗的那個角鬥士連忙退下即可。但是這種表演同樣危險，因為在搏鬥中的砍、刺，如果真的傷到身體，同樣可以致命。

雙方激烈地搏鬥，現場觀眾齊聲叫好，有人被擊倒在地，現場更是噓聲一片。這場「戰鬥」進行了將近半個小時，落敗的一方全部退進了通道，這場表演沒有死人，但是雙方都有角鬥士受傷。

兩側的通道門關閉，號角聲再次響起，隨後，有人敲響了戰鼓。幾分鐘後，鬥獸場左側的通道門打開，只見有個人慢慢地走了出來。

　　「阿瓦爾——」西恩大叫起來。

　　走出來的人的確是阿瓦爾，他低着頭，他是被兩個武士推出來的，他的手中，只有一根木棒。

　　觀眾席上頓時安靜了下來，大家都看着這個情緒低落的人。阿瓦爾木木地站在那裏，後面上來一個武士，又把他向前推了推。阿瓦爾有些不知所措，他始終低着頭。

　　一陣鼓聲響起，對面的通道門打開，現場觀眾一片歡呼，只見從通道裏跑出來一隻灰熊，緊接着，又有兩隻灰熊走了出來。

　　現場沸騰了，人們都大喊着，好像是鼓勵灰熊上前去撲倒阿瓦爾。三隻灰熊一開始似乎沒有發現阿瓦爾，不過牠們很快就看到了阿瓦爾。我查過資料，這些野獸在和人搏鬥前都餓過一、兩天，故意不給食物，就是要牠們以人為食。

阿瓦爾拿着木棍，三隻灰熊圍了上來，其中一隻咆哮着，衝起來撲向阿瓦爾。

觀眾席上，我們三個已經跨過看台的圍欄，一層層地向下，沒人注意我們，我們迅速下到第一層看台，一個衣着華麗的貴族發現了我們，有些生氣。

「你們不能在這裏看……」

我們才不管他呢，我們從看台上跳了下去。表演區那裏，第一隻灰熊已經衝到阿瓦爾面前，阿瓦爾是受過專業訓練的角鬥士，他揮起木棍打在了灰熊身上，灰熊叫着跳到了一邊，這時，另外一隻灰熊從側面撲向阿瓦爾。我們知道，再厲害的角鬥士手持木棒面對三隻灰熊，最多也只能抵抗上十分鐘。主辦角鬥的人給阿瓦爾的是一根木棍而不是劍、斧這樣的兵器，根本就是要阿瓦爾死。

張琳跳下看台後，手中一抖，很快，一把霹靂劍出現在了她的手中，她飛快地衝到阿瓦爾身邊，那隻灰熊正好衝來，張琳迎面就是一劍，當即刺中了灰熊的身體，那隻灰熊慘叫一聲，倒在地上。

「轟——」全場爆發出一陣驚呼，緊接着是一片呼喊聲，還有加油助威的聲音。觀眾們明顯把我們的出現當做了表演的一部分了，他們比剛才更加興奮了。

「阿瓦爾——跟我們走——」我大聲喊道。

「謝謝——謝謝你們救我——」阿瓦爾看到我們出現，非常激動，他抵禦着為首那隻灰熊的進攻，「那天我不是不找你們，我和多明尼克沒説幾句話就被武士抓走了——」

「不要解釋，我們知道——」西恩大聲喊道。

此時我的手裏是張琳遞上來的迴旋鏢，西恩拿着流星錘。另外一隻撲上來的灰熊又被張琳刺傷，歪倒着躺下。為首的灰熊看到兩個伙伴都倒下了，咆哮起來，牠站立起來有兩米多高，牠兇猛地撲向阿瓦爾，阿瓦爾用木棒戳向灰熊，灰熊用力一撥，打掉了阿瓦爾的木棍，阿瓦爾連忙後退幾步，灰熊猛撲上來，像是要撕碎了阿瓦爾。

「嘭——」的一聲，西恩掄起的流星錘重重

地砸到了灰熊的脖子上。灰熊慘叫一聲，倒在了地上。

「轟——」，現場爆發出一陣歡呼，所有的人都起立鼓掌。表演區，地上躺着三隻掙扎的灰熊，我們四個則站在那裏，預防着灰熊再次起來撲向我們，但是灰熊們都遭到了重擊，起不來了。

接下來我們的做法非常簡單，那就是當場實施穿越，回到現代。灰熊不對我們構成威脅了，我們需要一些時間，選擇好合適的穿越地點，和總部時空隧道管理員聯繫好後，就可以實施穿越了。

我尋找着合適穿越的地方，這是一大片空場，倒是比較合適穿越，我們後退幾步，先離開那些灰熊遠一些。現場觀眾還在大聲喊叫着，今天這個節目他們以前似乎從未看過。這時，我們對面通道的門打開了，一個城市軍團的軍官帶着幾十個武士衝了出來，很明顯，角鬥比賽的主辦者明白比賽出了錯漏，我們是不該出現的人，觀眾不知道這點，他們可非常清楚，武士們前來捉拿我們了。

我們身後的通道大門也打開了，幾十個武士舉着長戟衝了過來，我們四個立即退向表演區的一角，那裏沒有通道，不會有武士從我們身後衝出來。

觀眾們又看到武士衝出，以為是角鬥士表演開始了，他們太興奮了，這樣的「節目」太精彩了，他們都是第一次看到。

四、五個武士先衝上來，張琳迎了上去，轉瞬間就擊倒了兩個武士，武士們仗着人多，繼續猛撲上來，我、西恩和阿瓦爾一起迎戰，又有七、八個武士被我們打倒在地。

「哇——哇——連小孩子都打不過呀——」觀眾席上，有人大喊着。

這時，又有幾十個武士從通道中衝了出來，現場足有一百多個羅馬武士，我們儘管個個都能打，但是對方人數眾多。

「大家向後退——」西恩指揮着大家，此時，他這個防禦大師要出馬了，他只要能為我們爭取兩

分鐘的穿越準備時間即可。

　　我們全都推到了一處看台的牆壁，上面的觀眾把身子探出來為我們助威。西恩走到我們前面。

　　「防禦弧──」西恩忽然大喊一聲，他的手對着地面劃了一個弧線。

CHAPTER 13

新的表演項目

地面上，出現了一道白色的、微微閃着點光的弧線，三個武士可不管這個，他們舉着長戟衝到弧線前，弧線突然冒出閃光，這三個武士當即就被重重地彈開，後面又上來幾個武士，依舊被彈開。

我已經開始聯絡總部的穿越通道管理員了。前面，十幾個武士一起衝向我們，但是剛衝到防禦弧前，就像是撞在牆壁上，弧線發出閃光後，這些武士重重地被彈開，全都躺在地上呻吟着。

「加強防禦弧——」西恩自己跨出弧線，向前邁了幾大步，隨後大聲地喊道。

地面上，一道粗粗的弧線出現，這道弧線出現在了第一道防禦弧的前面，弧身散着淡淡的白光，弧線為我們提供着保護。兩、三個武士衝上來，弧線猛地閃出耀眼的光，這幾個武士全都被彈開。

「刺穿它——刺穿它——」為首的軍官就像是

組織和敵軍作戰一樣，下達了攻擊防禦弧的指令。

　　十幾個武士頓時迅速排成一排，他們全部都是用長槍，十幾枝長槍並排對準防禦弧，軍官大喊一聲，武士們一起衝鋒。長槍的鋒尖剛抵達弧線位置就全部被彈開，那些武士全部脫手，長槍掉了一地，武士們也被巨大的慣性拋了出去。

　　「砸開它——砸——」軍官大喊着。

　　一隊使用重錘的武士出現，他們的重錘都鑲在一根長杆頭部，錘頭是圓的，比成人的拳頭還要大一些，這些武士掄起重錘就砸過來，弧線彈開了重錘，武士也基本都倒下，但是有一個錘頭居然砸穿了弧線的防禦，那個軍官很興奮，連忙指示另一隊人使用重錘攻擊。

　　「快——快——我們的時間不多了——」西恩喊着，他盤算着兩道防禦弧被攻破的時間。

　　我已經聯繫好了總部的管理員，此時，一個穿越通道正在生成，但是第一道防禦弧已經被前赴後繼的武士砸開了。

「快，快呀──」西恩高聲喊着，穿越通道出現了。

武士們撲了上來，為首的一個身材將近兩米的武士手持重錘，「轟──」的一聲就砸在了最先生成的防禦弧上，這個防禦弧的抵禦力度不如被砸開的那道，加之生成時間較長，消耗了能量，所以那個武士兩下就砸穿了防禦弧，邁步就要進來。另外的武士跟着他也要衝進來。而我此時才剛把阿瓦爾推進穿越通道裏。

「噗──」的一聲，小半個西瓜從觀眾席扔下來，正好砸在那個武士的臉上。武士叫了一聲，用手抹着臉，他滿臉是西瓜汁和瓜瓤，什麼都看不見了。他正好把衝進來的通道給擋住了。

「嗖──嗖──」，觀眾席上，西瓜皮、香蕉皮等劈頭蓋臉地向武士砸來，觀眾們都很興奮。人都是有惻隱之心的，看到這麼多武士攻擊我們這幾個小孩，觀眾們只能用他們能幫得上的手段幫助我們。

西恩和張琳最後進了穿越通道，張琳把手一揚，幾十張莎草紙飛了出去，飄落在地上，還有的被風吹到了觀眾席上。莎草紙上的內容都一樣，是張琳昨晚寫了一晚上的——伊西多角鬥士學校的老闆一直密謀在角鬥士學校教官戰隊的比賽中作弊，故意輸掉比賽，請大家注意。

張琳進了隧道，武士們也衝進了防禦弧。「轟——」的一聲，一道光束從我們的身上劃過，我們消失在穿越通道中，隨即穿越通道也消失了。

大概過了十分鐘，一道亮光射進穿越通道後，我們站在一片空地上。四周是殘破的圓形看台。

我們穿越回來了，我們採用的是條件穿越方式，這裏還是鬥獸場，只不過是現代的鬥獸場，看台上不是古羅馬人，而是一隊隊的遊客。我們回來後，遊客都是靜止的，三秒鐘後，他們從靜止狀態恢復過來。

沒有了武士的攻擊，沒有了吶喊的觀眾，地上躺着的三隻灰熊也不見了，我們都長出一口氣。看

到殘破的羅馬鬥獸場，想到剛才我們所處的宏偉壯觀的鬥獸場，我們都很是感慨。阿瓦爾連連感謝我們救了他。

「真不錯，還有人扮演古羅馬人，新的表演項目。」看台上，一個帶着旅行團的導遊說道。

二十多個旅行團的遊客立即向我們招手，我們也略有些尷尬地向他們招手。

我們聯繫了總部，沒多久，羅馬警方來人，接走了我們。一天後，我們就順利地回到了總部。阿瓦爾要向總部相關的警官說明情況，我們已經把阿瓦爾在古羅馬城的表現報告給了諾曼先生，諾曼先生都記了下來，他說根據這種情況，阿瓦爾基本不會受到什麼處罰，他會謹慎作出最後的判決。

毒狼集團不會善罷甘休的，這一點我們都知道。我們把他們訓練超能力攻擊手的計劃也給破壞了，這不代表他們今後就不行動了。

回來後的幾天，西恩借了十多本有關古羅馬的書，還在網上查資料。終於，他把想知道的資料給

找到了——有關我們的。

「這本《古羅馬鬥獸場故事》中，我找到了這些……作者是個研究古羅馬社會和風俗的教授……」西恩揚着手裏的一本書，「上面寫着，古羅馬安東尼時期，有一場特別的比賽發生在鬥獸場，先是看台上衝下三個孩子擊傷了三隻灰熊，救走了一個逃奴，接着被大隊的武士攻擊，最後竟然全消失在一處看台下……」

「哈哈，沒錯，這說的就是我們。」我笑着說。

「後來大批觀眾還跑到我們消失的看台那裏，查看有沒有什麼秘密通道……」西恩說。

「結果只發現一堵牆吧。」張琳接過話說。

「那當然。」西恩看看張琳，又看看我，笑了笑，「接下來的幾場角鬥士比賽出票都異常地快，大家還期盼再看到不一樣的表演呢。」

時空調查科3
逃離鬥獸場

作　　者：關景峰
繪　　圖：Mimi Szeto
責任編輯：周詩韵　葉楚溶
美術設計：蔡學彰
出　　版：新雅文化事業有限公司
　　　　　香港英皇道499號北角工業大廈18樓
　　　　　電話：（852）2138 7998
　　　　　傳真：（852）2597 4003
　　　　　網址：http://www.sunya.com.hk
　　　　　電郵：marketing@sunya.com.hk
發　　行：香港聯合書刊物流有限公司
　　　　　香港新界大埔汀麗路36號中華商務印刷大廈3字樓
　　　　　電話：（852）2150 2100　傳真：（852）2407 3062
　　　　　電郵：info@suplogistics.com.hk
印　　刷：中華商務彩色印刷有限公司
　　　　　香港新界大埔汀麗路36號
版　　次：二〇一九年六月初版

ISBN : 978-962-08-7323-2
© 2019 Sun Ya Publications（HK）Ltd.
18/F, North Point Industrial Building, 499 King's Road, Hong Kong
Published and printed in Hong Kong